男男女女

男男女女

魯迅 梁實秋 聶紺弩 等
黃子平 編

香港城市大學出版社
City University of Hong Kong Press

項目統籌	陳小歡
實習編輯	張琳鈺（香港城市大學亞洲及國際研究學系四年級）
書籍設計	蕭慧敏

國際統一書號：978-962-937-385-6

出版

香港城市大學出版社
香港九龍達之路
香港城市大學
網址：www.cityu.edu.hk/upress
電郵：upress@cityu.edu.hk

Men and Women
(in traditional Chinese characters)

ISBN: 978-962-937-385-6

Published by

City University of Hong Kong Press
Tat Chee Avenue
Kowloon, Hong Kong
Website: www.cityu.edu.hk/upress
E-mail: upress@cityu.edu.hk

Printed in Hong Kong

目錄

編輯說明

本「課堂外的讀本系列」由陳平原、錢理群、黃子平教授分別編選。

為了尊重原作，除了個別標點及明顯的排印錯誤外，本叢書的一些習慣用法及其措辭均依舊原文排印，其中個別不符合當下習慣者，請讀者諒解。

收聽有聲書方法

本書每篇文章均提供免費錄音，讀者可選擇以下其中一種方法收聽：

方法一： 以智能手機掃描文章右上角之二維碼（QR code），即可收聽該篇文章之錄音。

方法二： 登入 Youtube.com 網站：
  i. 搜尋 "CityUPressHK"；
  ii. 然後點擊 CityUPressHK 頻道；

iii. 進入 CityUPressHK 頻道後，點擊「播放清單」，然後選擇
【課堂外的讀本系列・男男女女】，收聽有關文章的錄音。

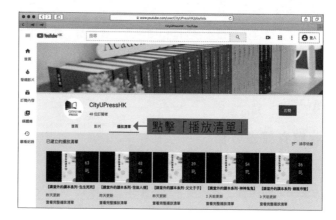

方法三： 直接登入【課堂外的讀本系列・男男女女】播放清單網頁：
https://www.youtube.com/watch?v=vcu3l6_TFVo&list=PL7Jm9R068Z3uvKL1J9uzO25hmvIOkWvpr

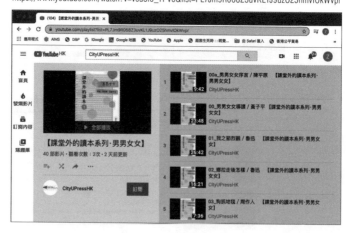

序言

陳平原

　　據説，分專題編散文集我們是始作俑者，而且這一思路目前頗能為讀者接受，這才真叫「無心插柳柳成蔭」。當初編這套叢書時，考慮的是我們自己的趣味，能否暢銷是出版社的事，我們不管。並非故示清高或推卸責任，因為這對我們來説純屬「玩票」，不靠它賺名聲，也不靠它發財。説來好玩，最初的設想只是希望有一套文章好讀、裝幀好看的小書，可以送朋友，也可以擱在書架上。如今書出得很多，可真叫人看一眼就喜歡，願把它放在自己的書架上隨時欣賞把玩的卻極少。好文章難得，不敢説「野無遺賢」，也不敢説入選者皆「字字珠璣」，只能説我們選得相當認真，也大致體現了我們對二十世紀中國散文的某些想法。「選家」之事，説難就難，説易就易，這點如魚飲水，冷暖自知。

　　記得那是一九八八年春天，人民文學出版社約我編《林語堂散文集》。此前我寫過幾篇關於林氏的研究文章，編起來很容易，可就是沒興致。偶然説起我們對二十世紀中國散文的看法，以及分專題編一套小書的設想，沒想到出版社很欣賞。這樣，一九八八年暑假，錢理群、黃子平和我三人，又重新合作，大熱天悶在老錢那間十平方米的小屋裏讀書，先擬定體例，劃分專題，再分頭選文；讀到出乎意料之外的好文章，當即「奇文共欣賞」；不過也淘汰了大批徒有虛名的「名作」。開始以為遍地黃金，撿不勝撿；可沙裏淘金一番，才知道好文章實在並不多，每個專題才選了那麼幾萬字，根本不夠原定的字數。開學以後又

泡圖書館，又翻舊期刊，到一九八九年春天才初步編好。接着就是撰寫各書的導讀，不想隨意敷衍幾句，希望能體現我們的趣味和追求，而這又是頗費斟酌的事。一開始是「玩票」，愈做愈認真，變成撰寫二十世紀中國散文史的準備工作。只是因為突然的變故，這套小書的誕生小有周折。

對於我們三人來說，這遲到的禮物，最大的意義是紀念當初那愉快的學術對話。就為了編這幾本小書，居然「大動干戈」，臉紅耳赤了好幾回，實在不夠灑脫。現在回想起來，確實有點好笑。總有人問，你們三個弄了大半天，就編了這幾本小書，值得嗎？我也說不清。似乎做學問有時也得講興致，不能老是計算「成本」和「利潤」。唯一有點遺憾的是，書出得不如以前想像的那麼好看。

這套小書最表面的特徵是選文廣泛和突出文化意味，而其根本則是我們對「散文」的獨特理解。從章太炎、梁啟超一直選到汪曾祺、賈平凹，這自然是與我們提出的「二十世紀中國文學」概念密切相關。之所以選入部分清末民初半文半白甚至純粹文言的文章，目的是借此凸現二十世紀中國散文與傳統散文的聯繫。魯迅說五四文學發展中「散文小品的成功，幾乎在小說戲曲和詩歌之上」（〈小品文的危機〉），原因大概是散文小品穩中求變，守舊出新，更多得到傳統文學的滋養。周作人突出明末公安派文學與新文學的精神聯繫（〈雜拌兒跋〉和《中國新文

學的源流》），反對將五四文學視為歐美文學的移植，這點很有見地。但如以散文為例，單講輸入的速寫（sketch）、隨筆（essay）和「阜利通」（feuilleton）[1] 固然不夠，再搭上明末小品的影響也還不夠；魏晉的清談、唐末的雜文、宋人的語錄，還有唐宋八大家乃至「桐城謬種選學妖孽」，都曾在本世紀的中國散文中產生過遙遠而深沉的回音。

　　面對這一古老而又生機勃勃的文體，學者們似乎有點手足無措。五四時輸出「美文」的概念，目的是想證明用白話文也能寫出好文章。可「美文」概念很容易被理解為只能寫景和抒情；雖然由於魯迅雜文的成就，政治批評和文學批評的短文，也被劃入散文的範圍，卻總歸不是嫡系。世人心目中的散文，似乎只能是風花雪月加上悲歡離合，還有一連串莫名其妙的比喻和形容詞，甜得發膩，或者借用徐志摩的話：「濃得化不開」。至於學者式重知識重趣味的疏淡的閒話，有點苦澀，有點清幽，雖不大容易為入世未深的青年所欣賞，卻更得中國古代散文的神韻。不只是逃避過分華麗的辭藻，也不只是落筆時的自然大方，這種雅致與瀟灑，更多的是一種心態、一種學養，一種無以名之但確能體會到的「文化味」。比起小説、詩歌、戲劇，散文更講渾然天成，更難造假與敷衍，更依賴於作者的才情、悟性與意趣——因其「技術性」不強，很容易寫，但很難寫好，這是一種「看似容易成卻難」的文體。

1. 　阜利通：英文 feuilleton 的音譯，指短篇小品文。

選擇一批有文化意味而又妙趣橫生的散文分專題彙編成冊，一方面是讓讀者體會到「文化」不僅凝聚在高文典冊上，而且滲透在日常生活中，落實為你所熟悉的一種情感，一種心態，一種習俗，一種生活方式；另一方面則是希望借此改變世人對散文的偏見。讓讀者自己品味這些很少「寫景」也不怎麼「抒情」的「閒話」，遠比給出一個我們認為準確的「散文」定義更有價值。

　　當然，這只是對二十世紀中國散文的一種讀法，完全可以有另外的眼光、另外的讀法。在很多場合，沉默本身比開口更有力量，空白也比文字更能說明問題。細心的讀者不難發現我們淘汰了不少名家名作，這可能會引起不少人的好奇和憤怒。無意故作驚人之語，只不過是忠實於自己的眼光和趣味，再加上「漫說文化」這一特殊視角。不敢保證好文章都能入選，只是入選者必須是好文章，因為這畢竟不是以藝術成就高低為唯一取捨標準的散文選。希望讀者能接受這有個性有鋒芒因而也就可能有偏見的「漫說文化」。

一九九二年九月八日於北大

導讀

黃子平

　　從本世紀卷帙浩繁的散文篇什中編出一本十來萬字的、談論「男與女」專題的、帶點兒文化意味的集子，不消說是一件雖然困難卻十分有意思的事情。

　　散文，是一個文體類別的概念。男女，則是一個性別概念。把這兩個概念擱一塊兒考慮有沒有什麼道理？世界上的一些女權主義批評家琢磨過這兩者之間的關係，比如說：「性別（gender）和文類（genre）來自同一詞根，它們在文學史上的聯繫幾乎就像其詞源一樣親密。」由此，人們討論了「小說與婦女」這一類極有吸引力的課題，指出某一些文體類型更適合於成為「綜合女性價值」的話語空間，等等。但是，也有另外的女權主義批評家，不同意這種基於詞源學的觀點來展開邏輯論證的方法，說是「你能根據『文類』與『性別』源於同一詞就證實它們有聯繫的話，你也能證實基督徒（Christians）和白痴（cretins）有聯繫，因為它們皆源於拉丁語『信徒』（christianus）。」當然，一種方法的濫用並不能反過來證明它在其一定範圍內的有效性已經失靈：詞源學上的聯繫仍然是一種聯繫，而且也就投射了一種概念上、觀念上和思想史上的可能相當曲折的聯繫。避開拉丁語之類我們極感陌生的領域，回顧一下我們中國自己的「文體史」和「婦女史」，也能覺察出「文類之別」和「男女之別」，實際上是處於同一文化權力機制下的運作。中國古代的文體分類可以說與倫理道德教化體制一齊誕生。《周禮‧大祝》曰：「作

六辭以通上下親疏遠近：一曰祠，二曰命，三曰誥，四曰會，五曰禱，六曰誄。」在《禮記》一書中，還對某些文體的使用範圍加以規定，比如「誄」：「賤不誄貴，幼不誄長，禮也。唯天子稱天以誄之。諸侯相誄，非禮也。」把文類看作僅僅是文學史家為了工作的便利而設置的範疇歸納，而看不到其中包含的文化權力的運作，就太天真了。每一個時代中，文類之間總是存在着雖未明言卻或井然有序或含混模糊的「上下親疏遠近」關係，有時我們稱之為「中心——邊緣」關係。直至今天，當我們注意到幾乎所有的綜合性文學刊物都罕有將「散文」或「抒情短詩」置於「頭條位置」時，文類之間的上述不成文的「倫理」秩序就昭然若揭了。有時我們能聽到這樣的傳聞，説是從事劇本創作的文學家在文藝界代表大會上尷尬地發現自己「掉在了兩把椅子中間」，在「劇協」中無法與著名導演、名角、明星們平起平坐，在「作協」中又被小説家和詩人們所擠兑。他們呼籲成立專門的「戲劇文學家協會」，正表明了某一文類在當代文化權力機制中的困窘地位或邊緣位置。如果我們由此聯想到別的一些代表大會中要求規定女性代表的數量達到一定的百分比，這種聯想多少總是有點道理的了。

同樣，「男女之別」決不僅僅是生理學或生物學意義上的劃分，而首先是文化的和政治的劃分。正如西蒙娜·波伏瓦所説的，女人絕非生就的而是造就的。從中國古典要籍中可以不太費力地引證材料來説明這

一點。《通鑒外》載:「上古男女無別,太昊始設嫁娶,以儷皮為禮,正姓氏、通媒妁,以重人倫之本,而民始不瀆。」《禮記‧郊特牲》:「婦人,從人者也,幼從父兄,嫁從夫,夫死從子。」《禮記‧大戴》:「婦人,伏於人者也。」《説文》:「婦,服也。」在兩千年的父權文明中,「男女之別」不單只是一種區分,而且是一種差序,一種主從、上下、尊卑、內外的諸種關係的規定。

這樣,當我們把文體類別和性別這兩個概念擱一塊兒考慮的時候,那個作為同一位「劃分者」的歷史主體就浮現了,那位萬能的父親形象突顯於文化史的前景。更準確地説,任何劃分都是在「父之法」的統治下進行。既然「男與女」是文學、文化、倫理等領域無法迴避、必然要談論的主題,父系社會就規定了談論它的方式、範圍、風格、禁忌等等。周作人曾經談到中國歷來的散文分為兩類,一類是「以載道」的東西,一類則是寫了來消遣的。在前一類文章中也可以談「男女」,卻正襟危坐、道貌岸然,其文體主要是倫理教科書之類的形式。父系文明甚至不反對女才子們寫作這類東西,如班昭和宋若華們寫的《女誡》、《女倫語》之類。更多的涉及「男女」或曰「風月」的作品,卻只能以詩詞、傳奇、話本、小説這類處於話語秩序的邊緣形式來表達。被壓入幽暗之域的歷史無意識借助在這後一類話語中或強或弱的宣泄,調節着消解着補充着潤滑着整個文化權力機制的運作。

現在要來説清楚編這本散文集的「十分有意思」之處，就比較容易了。

十九世紀末二十世紀初，中國社會發生急劇的變動。相應地，文體類型的結構秩序也產生了「中心移向邊緣、邊緣移向中心」這樣的位移錯動。正統詩文的主導地位迅速衰落了，小説這一向被視為「君子弗為」的邪宗被時人抬到了「文學之最上乘」的嚇人位置，擔負起「改良群治」、「新一國之民」的偉大使命。新詩經由「嘗試」而終於「站在地球邊上呼號」。戲劇直接由域外引進，不唱只唸，文明戲而至「話劇運動」。這其間散文的命運最為沉浮不定。它既不像小説那樣，起於草莽市井而入主宮闈；也不像新詩那樣，重起爐灶另開張，整個兒跟舊體詩詞對着幹；更不像話劇那樣，純然「拿來」之物，與舊戲曲毫無干係（至少表面看來如此）。説起來，在中國整個文學遺產中，各類散文作品所佔的比重，比詩歌、小説、戲曲合在一起還大。而所謂散文這一類型概念本身的駁雜含混，足以容納形形色色的文體，諸如古文、正史、八股文等較佔「中心位置」的文體，又包含小品文、筆記、書信、日記和遊記一類位於邊緣的類型。因此，在談論「二十世紀中國文學」的文體結構變動中散文的位移時，就無法籠統地一概而論。借用周作人的範疇，我們不妨粗疏地説「載道之文」由中心移向邊緣，而「言志之文」由邊緣移向中心。其間的複雜情形無法在這裏討論，譬如書信、日記、遊記之類滲入到小説裏去暗渡陳倉，或者反過來説，小説在向文體結構的

「最上乘」大舉進軍時裹挾了一些邊緣文體感與革命。有一點可以說說的是，以前人們用「文章」這個名目來概括上述形形色色的文體，如今已覺不太合適。至少，古代文論中通常指與韻文、駢文相對的散行文體的「散文」，被提出來作為西方的"pure prose"的譯名，並產生持續相當久的命名之爭。周作人呼籲「美文」，王統照倡「純散文」，胡夢華則稱之為「絮語散文」。或者譯"essays"稱為隨筆，或者襲舊名叫作小品，或者乾脆合二為一，如郁達夫所說的，「把小品散文或散文小品的四個字連接在一氣，以祈這一個名字的顛撲不破，左右逢源。」還有一些新起的名目，如雜文、雜感、隨想錄、速寫、通訊、報告文學等等，歸入散文這旗幟之下。命名的困難正說明了散文地位的尷尬。在二十世紀中國文學的發展進程中，它總是夾在中心與邊緣、文學與非文學、純文學與「廣義的文學」、雅與俗、傳統的復興與外國的影響、歌頌與暴露等諸種矛盾之間，有時或許真的「左右逢源」，更多的時候是左右為難。在五四新文學運動的最初十年，胡適、魯迅、周作人、郁達夫等人無不認為比之小說、新詩、戲劇，散文取得的成就最為可觀。而可觀的原因，卻又恰好不是由於他們所極力主張的反傳統，而是由於可依恃的傳統最為豐厚深沉的緣故。可是沒過多久，討論起「中國為什麼沒有偉大的文學產生」這樣的大問題時，魯迅就不得不起而為雜文和雜文家辯護，爭論說，與創作俄國的《戰爭與和平》這類偉大的作品一樣，寫雜

文也是「嚴肅的工作」。在魯迅身後,「重振散文」、「重振雜文」、「還是雜文的時代」一類的呼聲,其實一直也沒有中斷過。散文的「散」、「雜」、「小」、「隨」等特徵,說明了它的不定形、無法規範、兼容並蓄、時時被主流所排斥等等,與其說是必須為之辯護並爭一席之地,毋寧說恰恰是散文的優勢之所在,它藉此得以時時質疑主流意識,關注邊緣縫隙,關注被歷史理性所忽視所壓抑的無意識、情趣和興味,從而可能比小說、詩、戲劇等文體更貼近歷史文化主體及其精神世界的真實。

不消說,文體結構的錯動只是二十世紀社會文化倫理諸結構大變動中的一個部分。周作人曾認為,「小品文是文學發達的極致,他的興盛必須在王綱解紐的時代。」二十世紀初,隨着王權的崩潰,父權夫權亦一齊動搖。五四時期討論得最多的熱門話題,便是「孝」和「節」(「餓死事小,失節事大」的那個「節」)。男女之別不僅在差序尊卑的意義上,而且在分類的意義上受到質疑。「我是一個『人』!」女權首先被看作人權的一部分提了出來,幼者與女性一視同仁(人)地被當作「人之子」,而不是兒媳或兒媳之夫被置於反抗父權文化的同一條戰壕之中。婦女解放始終沒有單獨地從「人的解放」(隨後是社會解放和階級解放)的大題目中提出來考慮,遂每每被後者所遮掩乃至淹沒。如同處於錯動的文體秩序中沉浮不定的「散文」,變動的社會結構裏,二十世紀的中國女性身處諸種複雜的矛盾之中。一方面,婦女的社會地位確實經歷了

驚人的變化，並且得到了憲法和法律的確認；另一方面，婦女事實上承受的不平等至今仍隨處可見，某些方面甚至愈演愈烈（如長途販賣婦女）。你會問，社會和階級的解放能否代替婦女及其女性意識的解放，或者說後者的不如人意正證明了前者的「同志仍須努力」？另一個令人困惑不解的趨向是，到了二十世紀末葉，與歐美的女權主義者正相反，中國的女性似乎更強調「女人是女人」，這一點似乎亦與本世紀初的出發點大異其趣。一個流傳頗廣的採訪或許能說明問題。當一位普通婦女被問到她對「男女平等」的理解時，她說：「就是你得幹跟男人一樣繁重危險的工作，穿一樣難看邋遢的衣服，同時在公共汽車上他們不再給你讓座，你下班回家照樣承包全部家務。」看來，婦女解放不單充滿了詩意，也充滿了散文性和雜文性。有意思的是，茅盾曾有短篇小說以《詩和散文》為題，描寫了本世紀初的新青年新女性的愛情婚姻生活。而丁玲的兩篇著名雜文，《我們需要雜文》和《三八節有感》，幾乎就發表在同一時期的《解放日報》上。所謂雜文，我想，無非是在看似沒有矛盾的地方出其不意地發現矛盾，而這「發現」帶有文化的和文學的意味罷了。

喜歡處處發現「同構性」的人，倘若生拉硬拽地誇大這裏所說的聯繫，可能不會是明智的。這篇序文只是試圖提供一種閱讀策略，去看待這本集子中文體方面和論及的話題方面所共有的駁雜不純性。收入集子

中創作時間最早的，是前清進士、後來的北大校長蔡元培先生的一篇未刊文《夫婦公約》，文中表現的「超前意識」幾乎與其文體的陳舊一樣令人吃驚。魯迅早年以「道德普遍律」為據寫作長篇說理文，在著名演說《娜拉走後怎樣》則提及「經濟權」的問題，到了後來，就純粹用數百字的短文向父權文明實施「致命的一擊」了。周作人卻一直依據人類學、民俗學和性心理學的廣博知識來立論，其文體和觀點少有變化。繼承了「魯迅風」且在女權問題上傾注了最大戰鬥激情的是聶紺弩，《「確係處女小學亦可」》一文取材報章，處女膜與文化程度的這種奇怪換算真使人驚愕，至今，在許多「徵婚啟事」上此類雜文材料並不難找。徐志摩的演說援引了當時的女權主義者先驅、小說家伍爾夫的名作《自己的房間》裏的許多觀點，卻無疑作了出自中國浪漫主義男性詩人的闡釋和理解。林語堂仿尼采作《薩天師語錄》，梁實秋則在他的《雅舍小品》中對男人女人不分軒輊地加以調侃，然而這調侃既出自男人之筆下，「不分軒輊」似不可能。張愛玲的《談女人》從一本英國書談起，把英國紳士挖苦女人的那些「警句」也半挖苦地猛抄了一氣，最後卻點出她心目中最光輝的女性形象——大地母親的形象。集子中那組由郁達夫、何其芳、陸蠡、孫犁等人撰寫的更具抒情性的散文，或談初戀，或寄哀思，或憶舊情，可能比說理性的散文透露了更多至性至情，其文體和情愫，借用周作人的話來評說：「是那樣地舊又那樣地新」，新舊雜陳，難

以分辨。關於婚姻、夫婦的散文佔了相當篇幅，其中有關「結婚典禮」的討論是最有興味的，儀式的進行最能透露文化的變遷，二十世紀最典型的「中西合璧」式長演不衰，其中因由頗堪玩味。悼亡的主題本是中國古典散文的擅長，朱自清和孫犁是兩位如此不相同的作家，寫及同一主題時的那些相似相通之處卻發人深思。一本談「男與女」主題的散文集，出自男士之手的作品竟佔了絕大部分，這是編書的人也無可如何的事。幸好有新近的兩位女作家，張辛欣和王安憶的大作壓軸，一位「站在門外」談婚姻，一位卻娓娓而敍「家務事」，都能透露八十年代的新信息，把話題延續到了眼前目下。

　　駁雜不純，散而且雜。蘇聯批評家巴赫金有所謂「複調」或「眾聲喧嘩」（heteroglossia）理論，用於評價二十紀中國文學是最為恰當的。就談論「男與女」的「散文」而言，就更是如此——文體、語言、觀念、思想，無不在時空的流動中嬗變、分化、衝突，極為生動，十分有意思。不信，請君開卷，細細讀來。

一九八九，十一，蔚秀園

我之節烈觀

魯迅

「世道澆漓，人心日下，國將不國」這一類話，本是中國歷來的嘆聲。不過時代不同，則所謂「日下」的事情，也有遷變：從前指的是甲事，現在嘆的或是乙事。除了「進呈御覽」的東西不敢妄說外，其餘的文章議論裏，一向就帶這口吻。因為如此嘆息，不但針砭世人，還可以從「日下」之中，除去自己。所以君子固然相對慨嘆，連殺人放火嫖妓騙錢以及一切鬼混的人，也都乘作惡餘暇，搖着頭說道，「他們人心日下了。」

世風人心這件事，不但鼓吹壞事，可以「日下」；即使未曾鼓吹，只是旁觀，只是賞玩，只是嘆息，也可以叫他「日下」。所以近一年來，居然也有幾個不肯徒託空言的人，嘆息一番之後，還要想法子來挽救。第一個是康有為，指手畫腳的說「虛君共和」才好，陳獨秀便斥他不興；其次是一班靈學派的人，不知何以起了極古奧的思想，要請「孟聖矣乎」的鬼來畫策；陳百年錢玄同劉半農又道他胡說。

這幾篇駁論，都是《新青年》裏最可寒心的文章。時候已是二十世紀了；人類眼前，早已閃出曙光。假如《新青年》裏，有一篇和別人辯地球方圓的文字，讀者見了，怕一定要發怔。然而現今所辯，正和說地體不方相差無幾。將時代和事實，對照起來，怎能不教人寒心而且害怕？

近來虛君共和是不提了，靈學似乎還在那裏搗鬼，此時卻又有一群人，不能滿足；仍然搖頭說道，「人心日下」了。於是又想出一種挽救的方法；他們叫作「表彰節烈」！

這類妙法，自從君政復古時代以來，上上下下，已經提倡多年；此刻不過是豎起旗幟的時候。文章議論裏，也照例時常出現，都嚷道「表彰節烈」！要不說這件事，也不能將自己提拔，出於「人心日下」之中。

節烈這兩個字，從前也算是男子的美德，所以有過「節士」，「烈士」的名稱。然而現在的「表彰節烈」，卻是專指女子，並無男子在內。據時下道德家的意見，來定界說，大約節是丈夫死了，決不再嫁，也不私奔，丈夫死得愈早，家裏愈窮，他便節得愈好。烈可是有兩種：一種是無論已嫁未嫁，只要丈夫死了，他也跟着自盡；一種是有強暴來污辱他的時候，設法自戕，或者抗拒被殺，都無不可。這也是死得愈慘愈苦，他便烈得愈好，倘若不及抵禦，竟受了污辱，然後自戕，便免不了議論。萬一幸而遇着寬厚的道德家，有時也可以略跡原情，許他一個烈字。可是文人學士，已經不甚願意替他作傳；就令勉強動筆，臨了也不免加上幾個「惜夫惜夫」了。

總而言之：女子死了丈夫，便守着，或者死掉；遇了強暴，便死掉；將這類人物，稱讚一通，世道人心便好，中國便得救了。大意只是如此。

康有為借重皇帝的虛名，靈學家全靠着鬼話。這表彰節烈，卻是全權都在人民，大有漸進自力之意了。然而我仍有幾個疑問，須得提出。還要據我的意見，給他解答。我又認定這節烈救世說，是多數國民的意思；主張的人，只是喉舌。雖然是他發聲，卻和四支

五官神經內臟，都有關係。所以我這疑問和解答，便是提出於這群多數國民之前。

首先的疑問是：不節烈（中國稱不守節作「失節」，不烈卻並無成語，所以只能合稱他「不節烈」）的女子如何害了國家？照現在的情形，「國將不國」，自不消說：喪盡良心的事故，層出不窮；刀兵盜賊水旱饑荒，又接連而起。但此等現象，只是不講新道德新學問的緣故，行為思想，全鈔舊帳；所以種種黑暗，竟和古代的亂世彷彿，況且政界軍界學界商界等等裏面，全是男人，並無不節烈的女子夾雜在內。也未必是有權力的男子，因為受了他們蠱惑，這才喪了良心，放手作惡。至於水旱饑荒，便是專拜龍神，迎大王，濫伐森林，不修水利的禍祟，沒有新知識的結果；更與女子無關。只有刀兵盜賊，往往造出許多不節烈的婦女。但也是兵盜在先，不節烈在後，並非因為他們不節烈了，才將刀兵盜賊招來。

其次的疑問是：何以救世的責任，全在女子？照着舊派說起來，女子是「陰類」，是主內的，是男子的附屬品。然則治世救國，正須責成陽類，全仗外子，偏勞主體。決不能將一個絕大題目，都閣在陰類肩上。倘依新說，則男女平等，義務略同。縱令該擔責任，也只得分擔。其餘的一半男子，都該各盡義務。不特須除去強暴，還應發揮他自己的美德。不能專靠懲勸女子，便算盡了天職。

其次的疑問是：表彰之後，有何效果？據節烈為本，將所有活着的女子，分類起來，大約不外三種：一種是已經守節，應該表彰的人（烈者非死不可，所以除出）；一種是不節烈的人；一種是尚未出嫁，或丈夫還在，又未遇見強暴，節烈與否未可知的人。第一種已經很好，正蒙表彰，不必說了。第二種已經不好，中國從來

不許懺悔，女子做事一錯，補過無及，只好任其羞殺，也不值得説了。最要緊的，只在第三種，現在一經感化，他們便都打定主意道：「倘若將來丈夫死了，決不再嫁；遇着強暴，趕緊自裁！」試問如此立意，與中國男子做主的世道人心，有何關係？這個緣故，已在上文説明。更有附帶的疑問是：節烈的人，既經表彰，自是品格最高。但聖賢雖人人可學，此事卻有所不能。假如第三種的人，雖然立志極高，萬一丈夫長壽，天下太平，他便只好飲恨吞聲，做一世次等的人物。

以上是單依舊日的常識，略加研究，便已發見了許多矛盾。若略帶二十世紀氣息，便又有兩層：

一問節烈是否道德？道德這事，必須普遍，人人應做，人人能行，又於自他兩利，才有存在的價值。現在所謂節烈，不特除開男子，絕不相干；就是女子，也不能全體都遇着這名譽的機會。所以決不能認為道德，當作法式。上回《新青年》登出的〈貞操論〉裏，已經説過理由。不過貞是丈夫還在，節是男子已死的區別，道理卻可類推。只有烈的一件事，尤為奇怪，還須略加研究。

照上文的節烈分類法看來，烈的第一種，其實也只是守節，不過生死不同。因為道德家分類，根據全在死活，所以歸入烈類。性質全異的，便是第二種。這類人不過一個弱者（現在的情形，女子還是弱者），突然遇着男性的暴徒，父兄丈夫力不能救，左鄰右舍也不幫忙，於是他就死了；或者竟受了辱，仍然死了；或者終於沒有死。久而久之，父兄丈夫鄰舍，夾着文人學士以及道德家，便漸漸聚集，既不羞自己怯弱無能，也不提暴徒如何懲辦，只是七口八嘴，議論他死了沒有？受污沒有？死了如何好，活着如何不好。於

是造出了許多光榮的烈女，和許多被人口誅筆伐的不烈女。只要平心一想，便覺不像人間應有的事情，何況說是道德。

二問多妻主義的男子，有無表彰節烈的資格？替以前的道德家說話，一定是理應表彰。因為凡是男子，便有點與眾不同，社會上只配有他的意思。一面又靠着陰陽內外的古典，在女子面前逞能。然而一到現在，人類的眼裏，不免見到光明，曉得陰陽內外之說，荒謬絕倫；就令如此，也證不出陽比陰尊貴，外比內崇高的道理。況且社會國家，又非單是男子造成。所以只好相信真理，說是一律平等。既然平等，男女便都有一律應守的契約。男子決不能將自己不守的事，向女子特別要求。若是買賣欺騙貢獻的婚姻，則要求生時的貞操，尚且毫無理由。何況多妻主義的男子，來表彰女子的節烈。

以上，疑問和解答都完了。理由如此支離，何以直到現今，居然還能存在？要對付這問題，須先看節烈這事，何以發生，何以通行，何以不生改革的緣故。

古代的社會，女子多當作男人的物品。或殺或吃，都無不可；男人死後，和他喜歡的寶貝，日用的兵器，一同殉葬，更無不可。後來殉葬的風氣，漸漸改了，守節便也漸漸發生。但大抵因為寡婦是鬼妻，亡魂跟着，所以無人敢娶，並非要他不事二夫。這樣風俗，現在的蠻人社會裏還有。中國太古的情形，現在已無從詳考。但看周末雖有殉葬，並非專用女人，嫁否也任便，並無什麼裁制，便可知道脫離了這宗習俗，為日已久。由漢至唐也並沒有鼓吹節烈。直到宋朝，那一班「業儒」的才說出「餓死事小失節事大」的

話，看見歷史上「重適」[1]兩個字，便大驚小怪起來。出於真心，還是故意，現在卻無從推測。其時也正是「人心日下，國將不國」的時候，全國士民，多不像樣。或者「業儒」的人，想借女人守節的話，來鞭策男子，也不一定。但旁敲側擊，方法本嫌鬼祟，其意也太難分明，後來因此多了幾個節婦，雖未可知，然而吏民將卒，卻仍然無所感動。於是「開化最早，道德第一」的中國終於歸了「長生天氣力裏大福蔭護助裏」的什麼「薛禪皇帝，完澤篤皇帝，曲律皇帝」[2]了。此後皇帝換過了幾家，守節思想倒反發達。皇帝要臣子盡忠，男人便愈要女人守節。到了清朝，儒者真是愈加利害。看見唐人文章裏有公主改嫁的話，也不免勃然大怒道，「這是什麼事！你竟不為尊者諱，這還了得！」假使這唐人還活着，一定要斥革功名，「以正人心而端風俗」了。

國民將到被征服的地位，守節盛了；烈女也從此着重。因為女子既是男子所有，自己死了，不該嫁人，自己活着，自然更不許被奪。然而自己是被征服的國民，沒有力量保護，沒有勇氣反抗了，只好別出心裁，鼓吹女人自殺。或者妻女極多的闊人，婢妾成行的富翁，亂離時候，照顧不到，一遇「逆兵」（或是「天兵」），就無法可想。只得救了自己，請別人都做烈女；變成烈女，「逆兵」便不要了。他便待事定以後，慢慢回來，稱讚幾句。好在男子再娶，又是天經地義，別討女人，便都完事。因此世上遂有了「雙烈合

---

1. 「重適」即再嫁。
2. 「長生天氣力裏大福蔭護助裏」是元代白話文，當時皇帝在諭旨前必用此語，「上天眷命」的意思；有時只用「長生天氣力裏」，即「上天」的意思。元朝皇帝都有蒙古語的稱號：「薛禪」是元世祖忽必烈的稱號，「聰明天縱」的意思；「完澤篤」是元成宗鐵穆耳的稱號，「有壽」的意思；「曲律」是元武宗海山的稱號，「傑出」的意思。

傳」,「七姬墓志」,甚而至於錢謙益的集中,也佈滿了「趙節婦」「錢烈女」的傳記和歌頌。

只有自己不顧別人的民情,又是女應守節男子卻可多妻的社會,造出如此畸形道德,而且日見精密苛酷,本也毫不足怪。但主張的是男子,上當的是女子。女子本身,何以毫無異言呢?原來「婦者服也」,理應服事於人。教育固可不必,連開口也都犯法。他的精神,也同他體質一樣,成了畸形。所以對於這畸形道德,實在無甚意見。就令有了異議,也沒有發表的機會。做幾首「閨中望月」「園裏看花」的詩,尚且怕男子罵他懷春,何況竟敢破壞這「天地間的正氣」?只有說部書上,記載過幾個女人,因為境遇上不願守節,據做書的人說:可是他再嫁以後,便被前夫的鬼捉去,落了地獄;或者世人個個唾罵,做了乞丐,也竟求乞無門,終於慘苦不堪而死了!

如此情形,女子便非「服也」不可。然而男子一面,何以也不主張真理,只是一味敷衍呢?漢朝以後,言論的機關,都被「業儒」的壟斷了。宋元以來,尤其利害。我們幾乎看不見一部非業儒的書,聽不到一句非士人的話。除了和尚道士,奉旨可以說話的以外,其餘「異端」的聲音,決不能出他臥房一步。況且世人大抵受了「儒者柔也」的影響;不述而作,最為犯忌。即使有人見到,也不肯用性命來換真理。即如失節一事,豈不知道必須男女兩性,才能實現。他卻專責女性;至於破人節操的男子,以及造成不烈的暴徒,便都含糊過去。男子究竟較女性難惹,懲罰也比表彰為難。其間雖有過幾個男人,實覺於心不安,說些室女不應守志殉死的平和話,可是社會不聽;再說下去,便要不容,與失節的女人一樣看

待。他便也只好變了「柔也」，不再開口了。所以節烈這事，到現在不生變革。

（此時，我應聲明：現在鼓吹節烈派的裏面，我頗有知道的人。敢說確有好人在內，居心也好。可是救世的方法是不對，要向西走了北了。但也不能因為他是好人，便竟能從正西直走到北。所以我又願他回轉身來。）

其次還有疑問：

節烈難麼？答道，很難。男子都知道極難，所以要表彰他。社會的公意，向來以為貞淫與否，全在女性。男子雖然誘惑了女人，卻不負責任。譬如甲男引誘乙女，乙女不允，便是貞節，死了，便是烈；甲男並無惡名，社會可算淳古。倘若乙女允了，便是失節；甲男也無惡名，可是世風被乙女敗壞了！別的事情，也是如此。所以歷史上亡國敗家的原因，每每歸咎女子。糊糊塗塗的代擔全體的罪惡，已經三千多年了。男子既然不負責任，又不能自己反省，自然放心誘惑；文人著作，反將他傳為美談。所以女子身旁，幾乎佈滿了危險。除卻他自己的父兄丈夫以外，便都帶點誘惑的鬼氣。所以我說很難。

節烈苦麼？答道，很苦。男子都知道很苦，所以要表彰他。凡人都想活；烈是必死，不必說了。節婦還要活着。精神上的慘苦，也姑且弗論。單是生活一層，已是大宗的痛楚。假使女子生計已能獨立，社會也知道互助，一人還可勉強生存。不幸中國情形，卻正相反。所以有錢尚可，貧人便只能餓死。直到餓死以後，間或得了旌表，還要寫入志書。所以各府各縣志書傳記類的末尾，也總有幾卷「烈女」。一行一人，或是一行兩人，趙錢孫李，可是從來無人

翻讀。就是一生崇拜節烈的道德大家，若問他貴縣志書裏烈女門的前十名是誰？也怕不能說出。其實他是生前死後，竟與社會漠不相關的。所以我說很苦。

照這樣說，不節烈便不苦麼？答道，也很苦。社會公意，不節烈的女人，既然是下品；他在這社會裏，是容不住的。社會上多數古人模模糊糊傳下來的道理，實在無理可講；能用歷史和數目的力量，擠死不合意的人。這一類無主名無意識的殺人團裏，古來不曉得死了多少人物；節烈的女子，也就死在這裏。不過他死後間有一回表彰，寫入志書。不節烈的人，便生前也要受隨便什麼人的唾罵，無主名的虐待。所以我說也很苦。

女子自己願意節烈麼？答道，不願。人類總有一種理想，一種希望。雖然高下不同，必須有個意義。自他兩利固好，至少也得有益本身。節烈很難很苦，既不利人，又不利己。說是本人願意，實在不合人情。所以假如遇着少年女人，誠心祝讚他將來節烈，一定發怒；或者還要受他父兄丈夫的尊拳。然而仍舊牢不可破，便是被這歷史和數目的力量擠着。可是無論何人，都怕這節烈。怕他竟釘到自己和親骨肉的身上。所以我說不願。

我依據以上的事實和理由，要斷定節烈這事是：極難，極苦，不願身受，然而不利自他，無益社會國家，於人生將來又毫無意義的行為，現在已經失了存在的生命和價值。

臨了還有一層疑問：

節烈這事，現代既然失了存在的生命和價值；節烈的女人，豈非白苦一番麼？可以答他說：還有哀悼的價值。他們是可憐人；不

幸上了歷史和數目的無意識的圈套，做了無主名的犧牲。可以開一個追悼大會。

我們追悼了過去的人，還要發願：要自己和別人，都純潔聰明勇猛向上。要除去虛偽的臉譜。要除去世上害己害人的昏迷和強暴。

我們追悼了過去的人，還要發願：要除去於人生毫無意義的苦痛。要除去製造並賞玩別人苦痛的昏迷和強暴。

我們還要發願：要人類都受正當的幸福。

一九一八年七月

（選自《魯迅全集》一卷，北京：人民文學出版社，1981 年）

娜拉走後怎樣

魯迅

我今天要講的是「娜拉走後怎樣?」

伊孛生是十九世紀後半的瑙威的一個文人。他的著作,除了幾十首詩之外,其餘都是劇本。這些劇本裏面,有一時期是大抵含有社會問題的,世間也稱作「社會劇」,其中有一篇就是《娜拉》。

《娜拉》一名 *Ein Puppenheim*,中國譯作《傀儡家庭》。但 Puppe 不單是牽線的傀儡,孩子抱着玩的人形[1] 也是;引申開去,別人怎麼指揮,他便怎麼做的人也是。娜拉當初是滿足地生活在所謂幸福的家庭裏的,但是她竟覺悟了:自己是丈夫的傀儡,孩子們又是她的傀儡。她於是走了,只聽得關門聲,接着就是閉幕。這想來大家都知道,不必細說了。

娜拉要怎樣才不走呢?或者說伊孛生自己有解答,就是 *Die Frau Vom Meer*,《海的女人》,中國有人譯作《海上夫人》的。這女人是已經結婚的了,然而先前有一個愛人在海的彼岸,一日突然尋來,叫她一同去。她便告知她的丈夫,要和那外來人會面。臨末,她的丈夫說,「現在放你完全自由。(走與不走)你能夠自己選擇,並且還要自己負責任。」於是什麼事全都改變,她就不走了。這樣看來,娜拉倘也得到這樣的自由,或者也便可以安住。

---

1. 日語,即人形的玩具。

但娜拉畢竟是走了的。走了以後怎樣？伊孛生並無解答；而且他已經死了。即使不死，他也不負解答的責任。因為伊孛生是在做詩，不是為社會提出問題來而且代為解答。就如黃鶯一樣，因為他自己要歌唱，所以他歌唱，不是要唱給人們聽得有趣，有益。伊孛生是很不通世故的，相傳在許多婦女們一同招待他的筵宴上，代表者起來致謝他作了《傀儡家庭》，將女性的自覺，解放這些事，給人心以新的啟示的時候，他卻答道，「我寫那篇卻並不是這意思，我不過是做詩。」

　　娜拉走後怎樣？　——別人可是也發表過意見的。一個英國人曾作一篇戲劇，說一個新式的女子走出家庭，再也沒有路走，終於墮落，進了妓院了。還有一個中國人，——我稱他什麼呢？上海的文學家罷，——說他所見的《娜拉》是和現譯本不同，娜拉終於回來了。這樣的本子可惜沒有第二人看見，除非是伊孛生自己寄給他的。但從事理上推想起來，娜拉或者也實在只是兩條路：不是墮落，就是回來。因為如果是一匹小鳥，則籠子裏固然不自由，而一出籠門，外面便又有鷹，有貓，以及別的什麼東西之類；倘使已經關得麻痹了翅子，忘卻了飛翔，也誠然是無路可以走。還有一條，就是餓死了，但餓死已經離開了生活，更無所謂問題，所以也不是什麼路。

　　人生最苦痛的是夢醒了無路可以走。做夢的人是幸福的；倘沒有看出可走的路，最要緊的是不要去驚醒他。你看，唐朝的詩人李賀，不是困頓了一世的麼？而他臨死的時候，卻對他的母親說，「阿媽，上帝造成了白玉樓，叫我做文章落成去了。」這豈非明明是一個謊，一個夢？然而一個小的和一個老的，一個死的和一個活

的，死的高興地死去，活的放心地活着。說謊和做夢，在這些時候便見得偉大。所以我想，假使尋不出路，我們所要的倒是夢。

但是，萬不可做將來的夢。阿爾志跋綏夫曾經借了他所做的小說，質問過夢想將來的黃金世界的理想家，因為要造那世界，先喚起許多人們來受苦。他說，「你們將黃金世界預約給他們的子孫了，可是有什麼給他們自己呢？」有是有的，就是將來的希望。但代價也太大了，為了這希望，要使人練敏了感覺來更深切地感到自己的苦痛，叫起靈魂來目睹他自己的腐爛的屍骸。唯有說謊和做夢，這些時候便見得偉大。所以我想，假使尋不出路，我們所要的就是夢；但不要將來的夢，只要目前的夢。

然而娜拉既然醒了，是很不容易回到夢境的，因此只得走；可是走了以後，有時卻也免不掉墮落或回來。否則，就得問：她除了覺醒的心以外，還帶了什麼去？倘只有一條像諸君一樣的紫紅的絨繩的圍巾，那可是無論寬到二尺或三尺，也完全是不中用。她還須更富有，提包裏有準備，直白地說，就是要有錢。

夢是好的；否則，錢是要緊的。

錢這個字很難聽，或者要被高尚的君子們所非笑，但我總覺得人們的議論是不但昨天和今天，即使飯前和飯後，也往往有些差別。凡承認飯需錢買，而以說錢為卑鄙者，倘能按一按他的胃，那裏面怕總還有魚肉沒有消化完，須得餓他一天之後，再來聽他發議論。

所以為娜拉計，錢，——高雅的說罷，就是經濟，是最要緊的了。自由固不是錢所能買到的，但能夠為錢而賣掉。人類有一個大

缺點，就是常常要飢餓。為補救這缺點起見，為準備不做傀儡起見，在目下的社會裏，經濟權就見得最要緊了。第一，在家應該先獲得男女平均的分配；第二，在社會應該獲得男女相等的勢力。可惜我不知道這權柄如何取得，單知道仍然要戰鬥；或者也許比要求參政權更要用劇烈的戰鬥。

要求經濟權固然是很平凡的事，然而也許比要求高尚的參政權以及博大的女子解放之類更煩難。天下事盡有小作為比大作為更煩難的。譬如現在似的冬天，我們只有這一件棉襖，然而必須救助一個將要凍死的苦人，否則便須坐在菩提樹下冥想普度一切人類的方法去。普度一切人類和救活一人，大小實在相去太遠了，然而倘叫我挑選，我就立刻到菩提樹下去坐着，因為免得脫下唯一的棉襖來凍殺自己。所以在家裏說要參政權，是不至於大遭反對的，一說到經濟的平勻分配，或不免面前就遇見敵人，這就當然要有劇烈的戰鬥。

戰鬥不算好事情，我們也不能責成人人都是戰士，那麼，平和的方法也就可貴了，這就是將來利用了親權來解放自己的子女。中國的親權是無上的，那時候，就可以將財產平勻地分配子女們，使他們平和而沒有衝突地都得到相等的經濟權，此後或者去讀書，或者去生發，或者為自己去享用，或者為社會去做事，或者去花完，都請便，自己負責任。這雖然也是頗遠的夢，可是比黃金世界的夢近得不少了。但第一需要記性。記性不佳，是有益於己而有害於子孫的。人們因為能忘卻，所以自己能漸漸地脫離了受過的苦痛，也因為能忘卻，所以往往照樣地再犯前人的錯誤。被虐待的兒媳做了婆婆，仍然虐待兒媳；嫌惡學生的官吏，每是先前痛罵官吏的學

生；現在壓迫子女的，有時也就是十年前的家庭革命者。這也許與年齡和地位都有關係罷，但記性不佳也是一個很大的原因。救濟法就是各人去買一本 note-book 來，將自己現在的思想舉動都記上，作為將來年齡和地位都改變了之後的參考。假如憎惡孩子要到公園去的時候，取來一翻，看見上面有一條道，「我想到中央公園去」，那就即刻心平氣和了。別的事也一樣。

世間有一種無賴精神，那要義就是韌性。聽說拳匪亂後，天津的青皮，就是所謂無賴者很跋扈，譬如給人搬一件行李，他就要兩元，對他說這行李小，他說要兩元，對他說道路近，他說要兩元，對他說不要搬了，他說也仍然要兩元。青皮固然是不足為法的，而那韌性卻大可以佩服。要求經濟權也一樣，有人說這事情太陳腐了，就答道要經濟權；說是太卑鄙了，就答道要經濟權；說是經濟制度就要改變了，用不着再操心，也仍然答道要經濟權。

其實，在現在，一個娜拉出走，或者也許不至於感到困難的，因為這人物很特別，舉動也新鮮，能得到若干人們的同情，幫助着生活。生活在人們的同情之下，已經是不自由了，然而倘有一百個娜拉出走，便連同情也減少，有一千一萬個出走，就得到厭惡了，斷不如自己握着經濟權之為可靠。

在經濟方面得到自由，就不是傀儡了麼？也還是傀儡。無非被人所牽的事可以減少，而自己能牽的傀儡可以增多罷了。因為在現在的社會裏，不但女人常作男人的傀儡，就是男人和男人，女人和女人，也相互地作傀儡，男人也常作女人的傀儡，這決不是幾個女人取得經濟權所能救的。但人不能餓着靜候理想世界的到來，至少

也得留一點殘喘，正如涸轍之鮒，急謀升斗之水一樣，就要這較為切近的經濟權，一面再想別的法。

如果經濟制度竟改革了，那上文當然完全是廢話。

然而上文，是又將娜拉當作一個普通的人物而說的，假使她很特別，自己情願闖出去做犧牲，那就又另是一回事。我們無權去勸誘人做犧牲，也無權去阻止人做犧牲。況且世上也盡有樂於犧牲，樂於受苦的人物。歐洲有一個傳說，耶穌去釘十字架時，休息在 Ahasvar[2] 的簷下，Ahasvar 不准他，於是下了咒詛，使他永世不得休息，直到末日裁判的時候。Ahasvar 從此就歇不下，只是走，現在還在走。走是苦的，安息是樂的，他何以不安息呢？雖說背着咒詛，可是大約總該是覺得走比安息還適意，所以始終狂走的罷。

只是這犧牲的適意是屬自己的，與志士們之所謂為社會者無涉。群眾，——尤其是中國的，——永遠是戲劇的看客。犧牲上場，如果顯得慷慨，他們就看了悲壯劇；如果顯得觳觫，他們就看了滑稽劇。北京的羊肉舖前常有幾個人張着嘴看剝羊，彷彿頗愉快，人的犧牲能給與他們的益處，也不過如此。而況事後走不幾步，他們並這一點愉快也就忘卻了。

對於這樣的群眾沒有法，只好使他們無戲可看倒是療救，正無需乎震駭一時的犧牲，不如深沉的韌性的戰鬥。

可惜中國太難改變了，即使搬動一張桌子，改裝一個火爐，幾乎也要血；而且即使有了血，也未必一定能搬動，能改裝。不是很大的鞭子打在背上，中國自己是不肯動彈的。我想這鞭子總要來，

---

2. Ahasvar，阿哈斯瓦爾，歐洲傳說中的一個補鞋匠，被稱為「流浪的猶太人」。

好壞是別一問題，然而總要打到的。但是從哪裏來，怎麼地來，我也是不能確切地知道。

我這講演也就此完結了。

——一九二三年十二月二十六日在

北京女子高等師範學校文藝會講

（選自《魯迅全集》一卷，北京：人民文學出版社，1981 年）

狗抓地毯

周作人

美國人摩耳（J. H. Moore）給某學校講倫理學，首五講是說動物與人之「蠻性的遺留」（Survival of Savage）的，經英國的唯理協會拿來單行出版，是一部很有趣味與實益的書。他將歷來宗教家道德家聚訟不決的人間罪惡問題都歸諸蠻性的遺留，以為只要知道狗抓地毯，便可了解一切。我家沒有地毯，已故的老狗 Ess 是古稀年紀了，也沒力氣抓，但夏天寄住過的客犬 Bona 與 Petty 卻真是每天咕哩咕哩地抓磚地，有些狗臨睡還要打許多圈：這為什麼緣故呢？據摩耳說，因為狗是狼變成的，在做狼的時候，不但沒有地毯，連磚地都沒得睡，終日奔走覓食，倦了隨地臥倒，但是山林中都是雜草，非先把它搔爬踐踏過不能睡上去；到了現在，有現成的地方可以高臥，用不着再操心了，但是老脾氣還要發露出來，做那無聊的動作。在人間也有許多野蠻（或者還是禽獸）時代的習性留存着，本是已經無用或反而有害的東西了，唯有時仍要發動，於是成為罪惡，以及別的種種荒謬迷信的惡習。

這話的確是不錯的。我看普通社會上對於事不干己的戀愛事件都抱有一種猛烈的憎恨，也正是蠻性的遺留之一證。這幾天是冬季的創造期，正如小孩們所說門外的「狗也正在打仗」，我們家裏的青兒大抵拖着尾巴回來，他的背上還負着好些的傷，都是先輩所給的懲創。人們同情於失戀者，或者可以說是出於扶弱的「義俠

心」，至於憎恨得戀者的動機卻沒有這樣正大堂皇，實在只是一種咬青兒的背脊的變相，實行禁慾的或放縱的生活的人特別要干涉「風化」，便是這個緣由了。

還有一層，野蠻人都有生殖崇拜的思想，這本來也沒有什麼可笑，只是他們把性的現象看得太神奇了，便生出許多古怪的風俗。弗來則博士的《金枝》（J. G. Frazer; *The Colden Bough*——我所有只是一卷的節本。據五六年前的《東方雜誌》說，這乃是二千年前希臘的古書，現在已經散逸云！）上講過「種植上之性的影響」很是詳細。（在所著 Psyche's Task 中亦舉例甚多。）野蠻人覺得植物的生育的手續與人類的相同，所以相信了性行為的儀式可以促進稻麥果實的繁衍。這種實例很多，在爪哇還是如此，歐洲現在當然找不到同樣的習慣了，但遺蹟也還存在，如德國某地秋收的時候，割稻的男婦要同在地上打幾個滾，即其一例。兩性關係既有這樣偉大的感應力，可以催迫動植的長養，一面也就能夠妨害或阻止自然的進行，所以有些部落那時又特別厲行禁慾，以為否則將使諸果不實，百草不長。社會反對別人的戀愛事件，即是這種思想的重現。雖然我們看出其中含有動物性的嫉妒，但還以對於性的迷信為重要分子，他們非意識地相信兩性關係有左右天行的神力，非常習的戀愛必將引起社會的災禍，殃及全群（現代語謂之敗壞風化），事關身命，所以才有那樣猛烈的憎恨。我們查看社會對於常習的結婚的態度，更可以明瞭上文所說的非謬。普通人對於性的問題都懷着不潔的觀念，持齋修道的人更避忌新婚生產等的地方，以免觸穢：大家知道，宗教上的污穢其實是神聖的一面，多島海的不可譯的術語「太步」（Tabu）一語，即表示此中的消息。因其含有神聖的法力，足以損害不能承受的人物，這才把他隔離，無論他是帝王，法師，

或成年的女子，以免危險，或稱之曰污穢，污穢神聖實是一物，或可統稱為危險的力。社會喜歡管閒事，而於兩性關係為最嚴厲，這是什麼緣故呢？我們從蠻性的遺留上着眼，可以看出一部分出於動物求偶的本能，一部分出於野蠻人對於性的危險力的迷信。這種老祖宗的遺產，我們各人分有一份，很不容易出脫，但是借了科學的力量，知道一點實在情形，使理知可以隨時自加警戒，當然有點好處。道德進步，並不靠迷信之加多而在於理性之清明。我們希望中國性道德的整飭，也就不希望訓條的增加，只希望知識的解放與趣味的修養。科學之光與藝術之空氣，幾時才能侵入青年的心裏，造成一種新的兩性觀念呢？我們鑒於所謂西方文明國的大勢，若不是自信本國得天獨厚，一時似乎沒有什麼希望，然而説也不能不姑且説説耳。

十三年十二月

（選自《雨天的書》，長沙：岳麓書社，1987 年）

讀《性的崇拜》

周作人

　　性的崇拜之研究給我們的好處平常有兩種。其一是說明宗教的起源，生物最大的問題是自己以及種族之保存，這種本能在原始時代便猛烈地表現在宗教上，而以性之具體或抽象的崇拜為中心，逐漸變化而成為各時代的宗教。普通講性的崇拜的書大抵都注重這一點，但它有更重大的第二種好處，這便是間接地使我們知道在一切文化上性的意義是如何重要。性的迷信造成那種莊嚴的崇拜，也就是這性的迷信造成現在還存留着的凶狠的禮教，把女子看作天使或是惡魔都是一種感情的作用，我們只要了解性的崇拜的意思，自可舉一反三，明瞭禮法之薩滿教的本義了。我們宗教學的門外漢對於性的崇拜之研究覺得有趣味，有實益，可以介紹的理由，差不多就在這一點上。

　　張東民先生的《性的崇拜》讀過一遍，覺得頗有意思。我嘗想這種著作最好是譯述，即如我從前看過的芝加哥醫學書局出版訶華德所著的一本，雖然是三十年前的舊作，倒很是簡要可讀。張先生的書中第三四五這三章聲明是取材於瓦爾的著作，材料頗富，但是首尾兩篇裏的議論有些還可斟酌，未免是美中不足。如第五頁上說，「所以古人有言道：『人之初，性本善』，這明明是說人在原初的時代，對於性之種種，本皆以為善良的。」著者雖在下文力說性質性情都脫不了性的現象之關係，以為這性字就是性交之性，其

實這很明瞭地是不對的：我們姑且不論兩性字樣是從日本來的新名詞，嚴幾道的《英文漢詁》上還稱曰男體女體，即使是宋代已有這用法，我們也決不能相信那《三字經》的著者會有盧梭似的思想。這樣的解釋法，正如梁任公改點《論語》，把那兩句非民治思想的話點為「民可，使由之；不可，使知之」，未始不很新穎，但去事實卻仍是很遠的了。又第六十四頁上有這一節話：

> 唯自然之律，古今一樣，他們既濫用了性交的行為，自該受相當的懲罰，於是疾病流行了，罪惡產生了。為防弊杜亂起見，一輩強有力者便宣佈了種種禁令：「不許奸淫」，「不許偷盜」，不許這樣，不許那樣，……而從這些消極的禁令式的規條中，倫理和道德等制度便漸漸演成了。

關於這種制度的演成，我因為不很知道不能批評，但兩性關係上的有些限制我卻相信未必是這樣演成的，這與其說因了「濫用」性的崇拜而發生，還不如說是根據性的崇拜之道理而造成的較為適合。我們對於性的崇拜常有一種誤解，以為這崇拜與後代的宗教禮拜相差不遠，其實很不一樣。佛洛伊德在《圖騰與太步》（勉強意譯為族徽與禁制）中說及太步的意義，謂現代文明國人已沒有這個觀念，只有羅馬的 Sacer 與希臘的 Hagios 二字略可比擬，這都訓作神聖，但在原始時代這又兼有不淨義，二者混在一處不可分開，大約與現代「危險」的觀念有點相像，北京電杆上曾有一種揭示，文曰「摸一下可就死了！」這稍有點兒太步的意味？性的崇拜也就這麼一件東西。因為它是如此神異的，所以有不可思議的功用與影響，「馬蹄鐵」可以辟邪，行經的婦人也就會使酒變酸；夫婦宿田間能使五穀繁茂，男女野合也就要使年成歉收：這道理原是

一貫的，雖然結果好壞不同。我說「不許奸淫」不是禁止濫用性的崇拜，乃是適用性的崇拜之原理而制定的，即是為此。我們希望於性的崇拜之研究以外還有講性道德與婚姻制度的變遷的歷史等書出來，但我也希望這是以譯述為宜。又德人 H. Fehlinger 的小冊《原始民族的性生活》等亦甚有益，很有可以使我們的道學家反省的地方。

一九二七年八月

（選自《談龍集》，上海：開明書局，1927 年）

女人

朱自清

　　白水是個老實人，又是個有趣的人。他能在談天的時候，滔滔不絕地發出長篇大論。這回聽勉子説，日本某雜誌上有〈女？〉一文，是幾個文人以「女」為題的桌話的紀錄。他説，「這倒有趣，我們何不也來一下？」我們説，「你先來！」他搔了搔頭髮道：「好！就是我先來；你們可別臨陣脱逃才好。」我們知道他照例是開口不能自休的。果然，一番話費了這多時候，以致別人只有補充的工夫，沒有自敍的餘裕。那時我被指定為臨時書記，曾將桌上所説，拉雜寫下。現在整理出來，便是以下一文。因為十之八是白水的意見，便用了第一人稱，作為他自述的模樣；我想，白水大概不至於不承認吧？

　　老實説，我是個歡喜女人的人；從國民學校時代直到現在，我總一貫地歡喜着女人。雖然不曾受着什麼「女難」，而女人的力量，我確是常常領略到的。女人就是磁石，我就是一塊軟鐵；為了一個虛構的或實際的女人，呆呆的想了一兩點鐘，乃至想了一兩個星期，真有不知肉味光景——這種事是屢屢有的。在路上走，遠遠的有女人來了，我的眼睛便像蜜蜂們嗅着花香一般，直攢過去。但是我很知足，普通的女人，大概看一兩眼也就夠了，至多再掉一回頭。像我的一位同學那樣，遇見了異性，就立正——向左或向右轉，仔細用他那兩隻近視眼，從眼鏡下面緊緊追出去半日半日，然

後看不見，然後開步走——我是用不着的。我們地方有句土話說：「乖子望一眼，呆子望到晚；」我大約總在「乖子」一邊了。我到無論什麼地方，第一總是用我的眼睛去尋找女人。在火車裏，我必走遍幾輛車去發見女人；在輪船裏，我必走遍全船去發見女人。我若找不到女人時，我便逛遊戲場去，趕廟會去，——我大膽地加一句——參觀女學校去；這些都是女人多的地方。於是我的眼睛更忙了！我拖着兩隻腳跟着她們走，往往直到疲倦為止。

我所追尋的女人是什麼呢？我所發見的女人是什麼呢？這是藝術的女人。從前人將女人比做花，比做鳥，比做羔羊；他們只是說，女人是自然手裏創造出來的藝術，使人們歡喜讚嘆——正如藝術的兒童是自然的創作，使人們歡喜讚嘆一樣。不獨男人歡喜讚嘆，女人也歡喜讚嘆；而「妒」便是歡喜讚嘆的另一面，正如「愛」是歡喜讚嘆的一面一樣。受歡喜讚嘆的，又不獨是女人，男人也有。「此柳風流可愛，似張緒當年」，便是好例；而「美豐儀」一語，尤為「史不絕書」。但男人的藝術氣分，似乎總要少些：賈寶玉說得好：男人的骨頭是泥做的，女人的骨頭是水做的。這是天命呢？還是人事呢？我現在還不得而知；只覺得事實是如此罷了。——你看，目下學繪畫的「人體習作」的時候，誰不用了女人做他的模特兒呢？這不是因為女人的曲線更為可愛麼？我們說，自有歷史以來，女人是比男人更其藝術的；這句話總該不會錯吧？所以我說，藝術的女人。所謂藝術的女人，有三種意思：是女人中最為藝術的，是女人的藝術的一面，是我們以藝術的眼去看女人。我說女人比男人更其藝術的，是一般的說法；說女人中最為藝術的，是個別的說法。——而「藝術」一詞，我用它的狹義，專指眼睛的藝術而言，與繪畫、雕刻、跳舞同其範類。藝術的女人便是有着美

好的顏色和輪廓和動作的女人，便是她的容貌、身材、姿態，使我們看了感到「自己圓滿」的女人。這裏有一塊天然的界碑，我所說的只是處女，少婦、中年婦人、那些老太太們，為她們的年歲所侵蝕，已上了凋零與枯萎的路途，在這一件上，已是落伍者了。女人的圓滿相，只是她的「人的諸相」之一；她可以有大才能、大智慧、大仁慈、大勇毅、大貞潔等等，但都無礙於這一相。諸相可以幫助這一相，使其更臻於充實；這一相也可幫助諸相，分其圓滿於它們，有時更能遮蓋它們的缺處。我們之看女人，若被她的圓滿相所吸引，便會不顧自己，不顧她的一切，而只陶醉於其中；這個陶醉是剎那的，無關心的，而且在沉默之中的。

我們之看女人，是歡喜而決不是戀愛。戀愛是全般的，歡喜是部分的。戀愛是整個「自我」與整個「自我」的融合，故堅深而久長；歡喜是「自我」間斷片的融合，故輕淺而飄忽。這兩者都是生命的趣味，生命的姿態。但戀愛是對人的，歡喜卻兼人與物而言。——此外本還有「仁愛」，便是「民胞物與」之懷；再進一步，「天地與我並生，萬物與我為一」，便是「神愛」、「大愛」了。這種無分物我的愛，非我所要論；但在此又須立一界碑，凡偉大莊嚴之象，無論屬人屬物，足以吸引人心者，必為這種愛；而優美豔麗的光景則始在「歡喜」的閾中。至於戀愛，以人格的吸引為骨子，有極強的佔有性，又與二者不同。Y君以人與物平分戀愛與歡喜，以為「喜」僅屬物，「愛」乃屬人；若對人言「喜」，便是蔑視他的人格了。現在有許多人也以為將女人比花，比鳥，比羔羊，便是侮辱女人；讚頌女人的體態，也是侮辱女人。所以者何？便是蔑視她們的人格了！但我覺得我們若不能將「體態的美」排斥於人格之外，我們便要慢慢的說這句話！而美若是一種價值，人格若是建

築於價值的基石上，我們又何能排斥那「體態的美」呢？所以我以為只須將女人的藝術的一面作為藝術而鑒賞它，與鑒賞其他優美的自然一樣；藝術與自然是「非人格」的，當然便說不上「蔑視」與否。在這樣的立場上，將人比物，歡喜讚嘆，自與因襲的玩弄的態度相差十萬八千里，當可告無罪於天下。——只有將女人看作「玩物」，才真是蔑視呢；即使是在所謂的「戀愛」之中。藝術的女人，是的，藝術的女人！我們要用驚異的眼去看她，那是一種奇跡！

　　我之看女人，十六年於茲了，我發見了一件事，就是將女人作為藝術而鑒賞時，切不可使她知道；無論是生疏的，是較熟悉的。因為這要引起她性的自衛的羞恥心或他種嫌惡心，她的藝術味便要變稀薄了；而我們因她的羞恥或嫌惡而關心，也就不能靜觀自得了。所以我們只好秘密地鑒賞；藝術原來是秘密的呀，自然的創作原來是秘密的呀。但是我所歡喜的藝術的女人，究竟是怎樣的呢？您得問了。讓我告訴您：我見過西洋女人、日本女人、江南江北兩個女人城內的女人、名聞浙東西的女人；但我的眼光究竟太狹了，我只見過不到半打的藝術的女人！而且其中只有一個西洋人，沒有一個日本人！那西洋的處女是在 Y 城裏一條僻巷的拐角上遇着的，驚鴻一瞥似地便過去了。其餘有兩個是在兩次火車裏遇着的，一個看了半天，一個看了兩天；還有一個是在鄉村裏遇着的，足足看了三個月。——我以為藝術的女人第一是有她的溫柔的空氣；使人如聽着簫管的悠揚，如嗅着玫瑰花的芬芳，如躺着在天鵝絨的厚毯上。她是如水的密，如煙的輕，籠罩着我們；我們怎能不歡喜讚嘆呢？這是由她的動作而來的；她的一舉步，一伸腰，一掠鬢，一轉眼，一低頭，乃至衣袂的微揚，裙幅的輕舞，都如蜜的流，風的微漾；我們怎能不歡喜讚嘆呢？最可愛的是那軟軟的腰兒；從前人

說臨風的垂柳，《紅樓夢》裏說晴雯的「水蛇腰兒」，都是說腰肢的細軟的；但我所歡喜的腰呀，簡直和蘇州的牛皮糖一樣，使我滿舌頭的甜，滿牙齒的軟呀。腰是這般軟了，手足自也有飄逸不凡之概。你瞧她的足脛多麼豐滿呢！從膝關節以下，漸漸地隆起，像新蒸的麵包一樣；後來又漸漸漸漸地緩下去了。這足脛上正罩着絲襪，淡青的？或者白的？拉得緊緊的，一些兒皺紋沒有，更將那豐滿的曲線顯得豐滿了；而那閃閃的鮮嫩的光，簡直可以照出人的影子。你再往上瞧，她的兩肩又多麼亭勻呢！像雙生的小羊似的，又像兩座玉峰似的；正是秋山那般瘦，秋水那般平呀。肩以上，便到了一般人謳歌頌讚所集的「面目」了。我最不能忘記的，是她那雙鴿子般的眼睛，伶俐到像要立刻和人說話。在惺忪微倦的時候，尤其可喜，因為正像一對睡了的褐色小鴿子，和那潤澤而微紅的雙頰，蘋果般照耀着的，恰如曙色之與夕陽，巧妙的相映襯着。再加上那覆額的，稠密而蓬鬆的髮，像天空的亂雲一般，點綴得更有情趣了。而她那甜蜜的微笑也是可愛的東西；微笑是半開的花朵，裏面流溢着詩與畫與無聲的音樂。是的，我說的已多了；我不必將我所見的，一個人一個人分別說給你，我只將她們融合成一個 Sketch 給你看——這就是我的驚異的型，就是找所謂藝術的女子的型。但我的眼光究竟太狹了！我的眼光究竟太狹了！

在女人的聚會裏，有時也有一種溫柔的空氣；但只是籠統的空氣，沒有詳細的節目。所以這是要由遠觀而鑒賞的，與個別的看法不同；若近觀時，那籠統的空氣也許會消失了的。說起這藝術的「女人的聚會」，我卻想着數年前的事了，雲煙一般，好惹人悵惘的。在 P 城一個禮拜日的早晨，我到一所宏大的教堂裏去做禮拜；聽說那邊女人多，我是禮拜女人去的。那教堂是男女分坐的。我去

的時候，女座還空着，似乎頗遙遙的；我的遐想便去充滿了每個空座裏。忽然眼睛有些花了，在薄薄的香澤當中，一群白上衣，黑背心，黑裙子的女人，默默的，遠遠的走進來了。我現在不曾看見上帝，卻看見了帶着翼子的這些安琪兒了！另一回在傍晚的湖上，暮靄四合的時候，一隻插着小紅花的遊艇裏，坐着八九個雪白雪白的白衣的姑娘；湖風舞弄着她們的衣裳，便成一片渾然的白。我想她們是湖之女神，以遊戲三昧，暫現色相於人間的呢！第三回在湖中的一座橋上，淡月微雲之下，倚着十來個，也是姑娘，朦朦朧朧的與月一齊白着。在抖蕩的歌喉裏，我又遇着月姊兒的化身了！——這些是我所發見的又一型。

是的，藝術的女人，那是一種奇跡！

一九二五年，二月十五日，白馬湖

（選自《背影》，北京：人民文學出版社，1983年）

關於女子

徐志摩

　　也不知怎的我想起來說些關於女子的雜話。不是女子問題。我不懂得科學，沒有方法來解剖「女子」這個不可思議的現象。我也不是一個社會學家，搬弄着一套現成的名詞來清理戀愛，改良婚姻或家庭。我也沒有一個道學家的權威，來督責女子們去做良妻賢母，或獎勵她們去做不良的妻不賢的母。我沒有任何解決或解答的能力。我自己所知道的只是我的意識的流動，就那個我也沒有支配的力量。就比是隔着雨霧望遠山的景物，你只能辨認一個大概。也不知是那裏來的光照亮了我意識的一角，給我一個辨認的機會，我的困難是在想用粗笨的語言來傳達原來極微纖的印象，像是想用粗笨的鐵針來繡描細緻的圖案。我今天所要查考的，所以，不是女子，更不是什麼女子問題，而是我自己的意識的一個片段。

　　我說也不知怎的我的思想轉上了關於女子的一路。最顯淺的原因，我想，當然是為我到一個女子學校裏來說話。但此外也還有別的給我暗示的機會。有一天我在一家書店門首見着某某女士的一本新書的廣告，書名是《蠹魚生活》。這倒是新鮮，我想，這年頭有甘心做書蟲的女子。三百年來女子中多的是良妻賢母，多的是詩人詞人，但出名的書蟲不就是一位郝夫人王照圓女士嗎？這是一件事，再有是我看到一篇文章，英國一位名小說家做的。她說婦女們想從事著述至少得有兩個條件：一是她得有她自己的一間屋子，

這她隨時有關上或鎖上的自由；二是她得有五百一年（那合華銀有六千元）的進益。她說的是外國情形，當然和我們的相差得遠，但原則還不一樣是相通的？你們或許要說外國女人當然比我們強，我們怎好跟她們比；她們的環境要比我們的好多少，她們的自由要比我們的大多少；好，外國女人，先讓我們的男人比上了外國的男人再說女人吧！

可是你們先別氣餒，你們來聽聽外國女人的苦處。在 Queen Anne 的時候，不說更早，那就是我們清朝乾隆的時候，有天才的貴族女子們（平民更不必說了）實在忍不住寫下了些詩文就許往抽屜裏堆着給蛀蟲們享受，那敢拿著作公開給莊嚴偉大的男子們看，那不讓他們笑掉了牙。男人是女人的「反對黨」，Lady Winchilsea 說。趁早，女人，誰敢賣弄誰活該遭殃，才學那是你們的份！一個女人拿起筆就像是在做賊，誰受得了男人們的譏笑。別看英國人開通，他們中間多的是寫《婦學篇》的章實齋。倒是章先生那板起道學面孔公然反對女人弄筆墨還好受些。他們的蒲伯，他們的 John Gray，他們管愛文學有才情的女人叫做藍襪子，說她們放着家務不管，「癢癢的就愛亂塗。」Margaret of Newcastle 另一位才學的女子，也憤憤的說「女人像蝙蝠或貓頭鷹似的活着，牲口似的工作，蟲子似的死……」且不說男人的態度，女性自己的謙卑也是可以的。Dorothy Osborne 那位清麗的書翰家一寫到那位有文才的爵夫人就生氣，她說，「那可憐的女人準是有點兒偏心的，她什麼傻事不做倒來寫什麼書，又況是詩，那不太可笑了，要是我就算我半個月不睡覺我也到不了那個。」奧斯朋自己可沒有想到自己的書翰在千百年後還有人當作寶貴的文學作品唸着，反比那「有點兒偏心膽敢寫書的女人」風頭出得更大，更久！

再說近一點，一百年前英國出一位女小說家，她的地位，有一個批評家說，是離着莎士比亞不遠的 Jane Austen——她的環境也不見得比你們的強。實際上她更不如我們現代的女子。再說她也沒有一間她自己可以開闢的屋子，也沒有每年多少固定的收入。她從不出門，也見不到什麼有學問的人；她是一位在家裏養老的姑娘，看到有限幾本書，每天就在一間永遠不得清靜的公共起坐間裏裝作寫信似的起草她的不朽的作品。「女人從沒有半個鐘頭」，Florence Nightingale 說，「女人從沒有半個鐘頭可以說是她們自己的。」再說近一點，白龍德（Brontë）姊妹們，也何嘗有什麼安逸的生活。在鄉間，在一個牧師家裏，她們生，她們長，她們死。她們至多站在露台上望望野景，在霧茫茫的天邊幻想大千世界的形形色色，幻想她們無顏色無波浪的生活中所不能的經驗。要不是她們卓絕的天才，蓬勃的熱情與超越的想像，逼着她們不得不寫，她們也無非是三個平常的鄉間女子，鬱死在無歡的家裏，有誰想得到她們——光明的十九世紀於她們有什麼相干，她們得到了些什麼好處？

說起來還是我們的情形比他們的見強哪。清朝的大文人王漁洋、袁子才、畢秋帆、陳碧城都是提倡婦女文學最大的功臣。要不是他們幾位間接與直接的女弟子的貢獻，清朝一代的婦女文學還有什麼可述的？要不是他們那時對於女子做詩文做學問的鋪張揚厲，我們那位《文史通義》先生也不至於破口大罵自失身份到這樣可笑的地步。他在《婦學》裏面說：

> 近有無恥文人，以風流自命，蠱惑士女，大率以優伶雜劇所演才子佳人惑人，大江以南名門大家閨閣，多為所誘，徵詩刻稿，標榜聲名，無復男女之嫌，殆忘其身之雌矣。此等閨

娃，婦學不修，豈有真才可取，而為邪人播弄，浸成風俗，人心世道，大可憂也。

章先生要是活到今天看見女子上學堂，甚至和男子同學，上衙門公司店舖工作和男子同事，進這個那個的黨和男子同志，還不把他老人家活活的給氣瘋了！

所以你們得記得就在英國，女權最發達的一個民族，女子的解放，不論哪一方面，都還是近時的事情。女子教育算不上一百年的歷史。女子的財產權是五十年來才有法律保障的。女子的政治權還不到十年。但這百年來女性方面的努力與成績不能不說是驚人的。在百年以前的人類的文化可說完全是男性的成績，女性即使有貢獻是極有限的或至多是間接的，女子中當然也不少奇才異能，歷史上不少出名的女子，尤其是文藝方面。希臘的沙浮至今還是個奇跡。中世紀的 Hypatia、Héloïse 是無可比的。英國的伊利薩伯，唐朝的武則天，她們的雄才大略，哪一個男子敢不低頭？十八世紀法國的沙龍夫人們是多少天才和名著的保姆。在中國，我們只要記起曹大家的漢書，蘇若蘭的回文，徐淑、蔡文姬、左九嬪的詞藻，武曌的升仙太子碑，李若蘭、魚玄機的詩，李清照、朱淑真的詞，明文氏的九騷——哪一個不是照耀百世的奇才異稟。

這固然是，但就人類更寬更大的活動方面看，女性有什麼可以自傲的？有女莎士比亞女司馬遷嗎？有女牛頓女倍根嗎？有女柏拉圖女但丁嗎？就說到狹義的文藝，女性的成績比到男性的還不是培塿比到泰山嗎？你怪得男性傲慢，女性氣餒嗎？

在英國乃至在全歐洲，奧斯丁以前可以說女性沒有一個成家的作者。從伊利薩伯到法國革命查考得到的女子作品只是小詩與故

事。就中國論，清朝一代相近三百年間的女作家，按新近錢單夫人的《清閨秀藝文略》看，可查考的有二千三百十二人之多，但這數目，按胡適之先生的統計，只有百分之一的作品是關於學問，例如考據歷史、算學、醫術，就那也説不上有什麼重要的貢獻，此外百分之九十九都是詩詞一類的文學，而且妙的地方是這些詩集詩卷的題名，除了風花雪月一類的風雅，都是帶着虛心道歉的意味，彷彿她們都不敢自信女子有公然著作成書的特權似的，都得聲明這是她們正業以外的閒情，本算不上什麼似的，因之不是繡餘，就是爨餘，不是紅餘，就是針餘，不是脂餘梭餘，就是織餘綺餘（陳圓圓的職業特別些，她的詞集叫《舞餘詞》），要不然就是焚餘燼餘未焚未燒未定一類的通套，再不然就是斷腸淚稿一流的悲苦字樣。（除了秋瑾的口氣那是不同些）情形是如此，你怪得男性的自美，女性的氣短嗎？

　　但這文化史上女性遠不如男性的情形自有種種的解釋，自然的趨勢，男性當然不能借此來證明女子的能力根本不如男子，女性也不能完全推託到男性有意的壓迫。誰要奇怪女性的遲緩，要問何以女權論要等到瑪麗烏爾夫頓克辣夫德方有具體的陳詞，只須記得人權論本身也要到相差不遠的日子才出世。人的思想的能力是奇怪的，有時他連竄帶跳的在短時期內發見了很多，例如希臘黃金時代與近一百五十年來的歐洲，有時睡夢迷糊的在長時期一無新鮮，例如歐洲的中世紀或中國的明代。它不動的時候就像是冬天，一切都是靜定的無生氣的，就像是生命再不會回來，但它一動的時候那就比是春雷的一震，轉眼間就是蓬勃絢爛的春時。在歐洲從亞理斯多德直到盧梭乃至叔本華，沒有一個思想家不承認男女的不平等是當然的，絕對不值得並且也無從研究的；即使偶有幾個天才不容自掩

的女子，在中國我們叫作才女，那還是客氣的，如同叫長花毛的鴨作錦雞，在歐洲百年前叫做藍襪子，那就不免有嘲笑的意思。但自從約翰彌勒純正通達論婦女論的大文出世以來，在理論上所有女性不如男性或是女性不能和男性享受平等機會以及共同負責文化社會的生存與進步的種種謬見、偏見與迷信都一齊從此失去了根據，在事實上在這百年來女性自強的努力也已經顯明的證明，女性只要有同等的機會不論在哪樣事情上都不能比男性不如；人類的前途展開了一個偉大的新的希望，就是此後文化的發展是兩性共同的企業，不再是以前似的單性的活動。在這百年來雖則在別的方面人類依然不免繼續他們的謬誤、愚蠢、固執、迷信，但這百餘年是可紀念的，因為這至少是一個女性開始光榮的世紀。在政治上，在社會上，在法律與道德上，在理論方面，至少女性已經爭得與男性完全平等的地位。在事實上，女子的職業一天增多一天，我們現在不易想像一種職業男性可以勝任而女性不能的——也許除了實際的上戰場去打仗，但這項職業我們都希望將來有完全淘汰的一天，我們決不希望溫柔的女性在任何情形下轉變成善鬥殺的凶惡。文學與藝術不用說，女子是早就佔有地位的，但近百年來的擴大也是夠驚人的。詩人就說白朗寧夫人、羅刹蒂小姐、梅耐兒夫人三個名字已經是夠輝煌的。小說更不用說，英美的出版界已有女作家超過男作家的趨勢，在品質方面一如數量。I. A. George Eliot，George Sand，Brontë Sisters，近時如曼殊斐兒、薇金娜吳爾夫等等都是卓然成家為文學史上增加光彩的作者。演劇方面如沙拉貝娜 Duse、Ellen Terry，都是人類永久不可磨滅的記憶。論跳舞，女子的貢獻更分明的超過男子，我們不能想像一個男性的 Isadora Duncan。音樂、畫、雕刻，女子的出人頭地的也在天天的加多。科學與哲學，向來

是男性的專業，但跟着教育的發展，女子的貢獻也在日漸的繼長增高。你們只須記起 Madame Curie 就可以無愧。講到學問，現在有哪一門女子提不起來的。

但這情形，就按最先進幾國說，至多也不過一百年來的事，然而成績已有如此的可觀。再過了兩千年，我想，男子多半再不敢對女子表示性的傲慢。將來的女子自會有她們的莎士比亞、倍根、亞理斯多德、盧梭，正如她們在帝王中有過伊利薩伯、武則天，在詩人中有過白朗寧、羅刹蒂，在小說家中有過奧斯丁與白龍德姊妹。我們雖則不敢預言女性竟可以有完全超越男性的一天，但我們很可以放心的相信此後女性對文化的貢獻比現在總可以超過無量倍數，到男子要擔心到他的權威有搖動的危險的一天。

但這當然是說得很遠的話。按目前情形，尤其是中國的，我們一方面固然感到女子在學問事業日漸進步的興奮與快慰，但同時我們也深刻的感覺到種種阻礙的勢力，還是很活動的存在着。我們在東方幾乎事事是落後的，尤其是女子，因為歷史長，所以習慣深，習慣深所以解放更覺費力。不說別的，中國女子先就忍就了幾千年身體方面絕無理性可說的束縛，所以人家的解放是從思想作起點，我們先得從身體解放起。我們的腳還是昨天放開的，我們的胸還是正在開放中。事實上固然這一代的青年已經不至感受身體方面的束縛，但不幸長時期的壓迫或束縛是要影響到血液與神經的組織的本體的。即如說腳，你們現有的固然是極秀美的天足，但你們的血液與纖維中，難免還留有幾十代纏足的鬼影。又如你們的胸部雖已在解放中，但我知道有的年輕姑娘們還不免感到這解放是一種可羞的不便。所以單說身體，恐怕也得至少到你們的再下去三四代才能完

全實現解放，恢復自然生長的愉快與美。身體方面已然如此，別的更不用說了。再說一個女子當然還不免做妻做母，單就生產一件事說，男性就可以無忌憚的對女性說「這你總逃不了，總不能叫我來替代你吧！」事實上的確有無數本來在學問或事業上已經走上路的女子為了做妻做母的不可避免臨了只能自願或不自願的犧牲光榮的成就的希望。這層的阻礙說要能完全去除，當然是不可能，但按現今種種的發明與社會組織與制度逐漸趨向合理的情形看，我們很可以設想這天然阻礙的不方便性消解到最低限度的一天。有了節育的辦法，比如說，你就不必有生育除了你自願，如此一個女子很容易在她幾十年的生活中勻出幾個短期間來盡她對人類的責任。還有將來家庭的組織也一定與現在的不同，趨勢是在去除種種不必要精力的消耗（如同美國就有新法的合作家庭，女子管家的擔負不定比男子的重，彼此一樣可以進行各人的事業）。所以問題倒不在這方面。成問題的是女子心理上母性的牢不可破，那與男子的父性是相差得太遠了。我來舉一個例。近代最有名的跳舞家 Isadora Duncan 在她的自傳裏說她初次生產時的心理，我覺得她說得非常的真。在初懷孕時她覺得處處的不方便，她本是把她的藝術——舞——看得比她的生命都更重要的，她覺得這生產的犧牲是太無謂了。尤其是在生產時感到極度的痛苦時（她的是難產）她是恨極了上帝叫女人擔負這慘毒的義務；她差一點死了。但等到她的孩子一下地，等到看護把一個稀小的噴香的小東西偎到她身旁去吃奶時，她的快樂，她的感激，她的興奮，她的母愛的激發，她說，簡直是不可名狀。在那時間她覺得生命的神奇與意義——這無上的創造——是絕對蓋倒一切的，這一相比她原來看作比生命更重要的藝術頓時顯得又小又淺，幾乎是無所謂的了。在那時間把性的意識完全蓋沒了後天的

藝術家的意識。上帝得了勝了！這，我說，才真是成問題，倒不在事實上三兩個月的身體的不便，這根蒂深而力道強的母性當然是人生的神秘與美的一個重要成分，但它多少總不免阻礙女子個人事業的進展。

所以按理論說男女的機會是實在不易說成完全平等的，天生不是一個樣子，你有什麼辦法？但我們也只能說到此，因為在一個女子，母性的人格，母性的實現，按理是不應得與她個人的人格，個性的實現相衝突的。除了在不合理的或迷信打底的社會組織裏，一個女子做了妻母再不能兼顧別的，她盡可以同時兼顧兩種以上的資格，正如一個男子的父性並不妨害他的個性。就說 D，她不能不說是一個母性特強（因為情感富強）的一個女子，但她事實上並不曾為戀愛與生育而至放棄她的藝術的追求。她一樣完成了她的藝術。此外做女子的不方便當然比男子的多，但那些都是比較不重要的。

我們國內的新女子是在一天天可辨認的長成，從數千年來有形與無形的束縛與壓迫中漸次透出性靈與身體的美與力，像一支在籜裏中透露着的新筍。有形的阻礙，雖則多，雖則強有力，還是比較容易克除的，無形的阻礙，心理上，意識與潛意識的阻礙，倒反需要更長時間與努力方有解脫的可能。分析的說，現社會的種種都還是不適宜於我們新女子的長成的。我再說一個例，比如演戲，你認識戲的重要，知道它的力量。你也知道你有舞台表演的天賦。那為你自己，為社會，你就得上舞台演戲去不是？這時候你就逢到了阻力。積極的或許你家庭的守舊與固執。消極的或許你覓不到相當的同志與機會。這些就算都讓你過去，你現在到了另一個難關。有一個戲非你充不可，比如說，那碰巧是個壞人，那是說按人事上

習慣的評判，在表現藝術上是沒有這種區分的，藝術須要你做，但你開始躊躇了。說一個實例，新近南國社演的沙樂美，那不是一個貞女，也不是一個節婦。有一位俞女士，她是名門世家的一位小姐，去擔任主角。她只知道她當前表現的責任。事實上她居然排除了不少的阻難而登台演那戲了。有一晚她正演到要熱慕的叫着「約翰我要親你的嘴」，她瞥見她的母親坐在池子裏前排瞪着怒眼望着她，她頓時萎了，原來有熱有力的音聲與詩句幾乎囁嚅的勉強說過了算完事。她覺得她再也鼓不住她為藝術的一往的勇氣，在她母親怒目的一視中，藝術家的她又萎成了名門世家事事依傍着愛母的小姐——藝術失敗了！習慣勝利了！

所以我說這類無形的阻礙力量有時更比有形的大。方才說的無非是現成的一個例。在今日一個女子向前走一個步都得有極大的決心和用力，要不然你非但不上前，你難說還向後退——根性、習慣、環境的勢力，種種都牽制着你，阻攔着你。但你們各個人的成或敗於未來完全性的新女子的實現都有關聯。你多用一分力，多打破一個阻礙，你就多幫助一分，多便利一分新女子的產生。簡單說，新女子與舊女子的不同是一個程度，不定是種類的不同。要做一個新女子，做一個藝術家或事業家，要充分發展你的天賦，實現你的個性，你並沒有必要不做你父母的好兒，你丈夫的好妻子，或是你兒女的好母親——這並不一定相衝突的（我說不一定因為在這發軔時期難免有各種犧牲的必要，那全在你自己判清了利弊來下決斷）。分別是在舊觀念是要求你做一個扁人，紙剪似的沒有厚度沒有血脈流通的活性，新觀念是要你做一個真的活人，有血有氣有肌肉有生命有完全性的！這有完全性要緊——的一個個人。這分別是夠大的，雖則話聽來不出奇。舊觀念叫你準備做妻做母，新觀念

並不不叫你準備做妻做母，但在此外先要你準備做人，做你自己。從這個觀點出發，別的事情當然都換了透視。我看古代留傳下來的女作家有一個有趣味的現象。她們多半會寫詩，這是說拿她們的心思寫成可誦的文句。按傳說說，至少一個女子的文才多半是有一種防身作用，比如現在上海有錢人穿的鐵馬甲。從《周南》的蔡人妻作的「芣苢三章」，《召南》申人女「行露三章」，衞共姜《柏舟》詩，《陳風》《墓門》，陶嬰《黃鵠歌》，宋韓憑妻《南山有鳥》句乃至羅敷女《陌上桑》，都是全憑編了幾句詩歌而得倖免男性的侵凌的。還有卓文君寫了《白頭吟》，司馬相如即不娶姨太太；蘇若蘭制了迴文詩，扶風竇滔也就送掉他的寵妾。唐朝有幾個宮妃在紅葉上題了詩（一入深宮裏，無由得見春。題詩花葉上，寄與接流人。）從御溝裏放流出外因而得到夫婿的。此外更有多少女子作品不是慕就是怨。如是看來文學之於古代婦女多少都是於她們婚姻問題發生密切關係的。這本來是，有人或許說，就現在女子唸書的還不是都為寫情書的準備，許多人家把女孩送進學校的意思還不無非是為了抬高她在婚姻市場上的賣價？這類情形當然應得書篇似的翻閱過去，如其我們盼望新女子及早可以出世。

這態度與目標的轉變是重要的。舊女子的弄文墨多少是一種不必要的裝飾；新女子的求學問應分是一種發見個性必要的過程。舊女子的寫詩詞多少是抒寫她們私人遭際與偶爾的情感；新女子的志向應分是與男子共同繼承並且繼續生產人類全部的文化產業。舊女子的字業是承認女子無才便是德的大條件而後紅着臉做的事情，因而繡餘炊餘一流的道歉；新女子的志願是要為報復那一句促狹的造孽格言而努力給男性一個不容否認的反證。舊女子有才學的理想是李易安的早年的生涯——當然不一定指她的「被翻紅浪，起來慵自

梳頭」一類的豔思——嫁一個風流跌宕一如趙明誠公子的夫婿（賴有閨房如學舍，一編橫放兩人看），過一些風流而兼風雅的日子；新女子——我們當然不能不許她私下期望一個風流的有情郎（易求無價寶，難得有情郎），但我們卻同時期望她雖則身體與心腸的溫柔都給了她的郎，她的天才她的能力卻得貢獻給社會與人類。

（節錄自《志摩文集・乙集》，香港：商務印書館，1983 年）

太監

周作人

中國文化的遺產裏有四種特別的東西，很值得注意，照着他們歷史的長短排列起來，其次序為太監，小腳，八股文，鴉片煙。我這裏想要談的就是這第一種。

中國太監起於何時？曲園先生《茶香室四鈔》卷八有「上古有宦者」一條，結果卻是否認，文云：

> 明張萱《疑耀》云，余閱黃帝針經，帝與岐伯論人不生須者，有宦不生須之語，則黃帝時已有宦者。按此論見《靈樞經》卷十，《五音五味篇》。……《素問》《靈樞》皆托之黃帝，張氏據此為黃帝時已有宦者之證，余則轉以此語決其非上古之書也。

據說在舜的時代已有五刑，那麼這一類刑餘之人也該有了罷，不過我於史學很是荒疏，有點不大明白，總之到周朝此輩閹人的存在與活動才很確實了。德國列希忒（Hans Licht）在所著《古希臘的性生活》（一九三二英譯本）第二分第七章中講到閹割云：

> 此蓋是東方的而非希臘的風俗。據希拉尼科思說，巴比倫人最初閹割童兒。此種行凶由居洛士大王傳入波斯，克什諾芬云。又通行的傳說則謂發明此法者係一女人，其人蓋即亞敘利亞女王色米拉米思也。

巴比倫盛於唐虞之際，亞敘利亞則在殷初，皆在周以前，中國民族的此種方法究竟是自己發明，還是從西亞學來，現在無從決定，只好存疑，但是在東亞則中國無疑的是首創者與維持者，蓋太監在中國差不多已有三千年的光榮的歷史了也。

　　太監的用處在古書上曾略有說明，如《周禮》秋官掌戮下云，「宮者使守內。」鄭玄注：「以其人道絕也。」又《後漢書・宦者列傳》序云：

　　　　《周禮》……閽者守中門之禁，寺人掌女官之戒。又云，王之正內者五人。《月令》，仲冬命閹尹審門閭，謹房室。《詩》之《小雅》亦有《巷伯》刺讒之篇。然宦人之在王朝者其來舊矣，將以其體非全氣，情志專良，通關中人，易以役養乎。

　　二者所說用意相同。這宮者的職務雖然與上下文的「墨者使守門，劓者使守關」等似是同例，實際上卻並不然。臉上有金印與門，沒鼻子與關，都無直接的關係，唯獨宮者因其人道絕所以令看守女人，這比請六十歲白鬍子老頭兒當女學校長還要可靠，真可以算是廢物利用的第一良策了。希臘羅馬稱太監曰典床（Eunuokhos），亦正是此意。

　　照《周禮》看來是必先有宮者而後派他去守內，那麼這宮刑是處罰什麼罪的呢？《尚書・大傳》說：「男女不以義交者其刑宮。」揆之原始刑法以牙報牙之例是很有道理的，但畢竟是否如此單純也還是問題，如鼎鼎大名的太史公之下蠶室就全為的是替李陵辯護，並不由於什麼風化案件，大約這只是減死一等的刑罰罷了。倒是在明初卻還有那種與古義相合的辦法，據蔣一葵《堯山堂外紀》云：

洪武間金華張尚禮為監察御史。一日做宮怨詩云：庭院沉沉畫漏清，閉門春草共愁生，夢中正得君王寵，卻被黃鸝叫一聲。高帝以其能摹寫宮閫心事，下蠶室死。

　　老實說這詩並不怎麼好，也不見得寫出宮閫心事，平白地按照男女不以義交辦理，可謂冤枉，不過這總可算是意淫之報，有如《玉曆鈔傳》等書中所說。徐釚編《本事詩》卷二載高啟《宮女圖》一絕句，又引錢謙益語云：

　　　　吳中野史載季迪因此詩得禍，余初以為無稽，及觀國初昭示諸錄所載李韓公子侄諸小侯受書及高帝手詔豫章侯罪狀，初無隱避之詞，則知季迪此詩蓋有為而作，諷諭之詩雖妙絕今古，而因此觸高帝之怒，假手於魏守之獄，亦事理之所有也。

　　此與張尚禮事正相類，只是沒有執行宮刑，卻借了別的不相干的事處了腰斬，所以與我們現在所說的問題似無直接的關係罷了。

　　肉刑到了漢朝據說已廢止了，後來的聖主如明高皇帝有時候高興起來雖然也還偶爾把一兩個監察御史去下蠶室，以為善摹寫宮閫心事者戒，可是到底沒有大批的執行，要想把這些宮者去充內監使用，實在有點供不應求，因此只得另想方法，從新製造了。明朝太監的出產地聽說多在福建，清朝則移到直隸的河間。其製造法未得詳知，偶見報上記載恐亦多道聽途說，大抵總如巴比倫的閹割童兒吧。宋長白《柳亭詩話》卷十七云：

　　　　明制，小閹服藥後過堂，令誦二月二十二一句，驗其口吃與否。此五字見李義山集，二月二十二，木蘭開拆初。服藥者，初為椓人也。事隸兵部。

二月二十二這一句話我想未必一定出於李義山，大約只因為有好幾個二字，彷彿是拗口令，可以試驗口齒伶俐與否，但是使我們覺得很有意思的卻是事隸兵部這句話。為什麼小閹過堂是屬兵部的呢？據魏濬《嶠南瑣記》（硯云乙編本）云：

> 汪直，藤峽獠，藤峽平後以俘入。初正統間嘗令南方征剿諸峒，幼童十歲以下者勿殺，割去其勢，不死則養之，以備淨身之用。此真所謂刑餘也。

　　這大約只是偶然一回，未必是成例，恰巧與兵部有點相關，所以抄來做材料，也可以知道閹人的別一來源耳。

　　《順天府志》卷十三《坊巷志》上本司胡同條引明於慎行《穀城山房筆麈》云：

> 正德中樂長臧賢甚被寵遇，曾給一品服色。相傳教坊司門曾改方向，形家見之曰，此當出玉帶數條。聞者笑之。未幾上有所幸伶兒，入內不便，詔盡宮之，使人為鐘鼓司官，後皆賜玉。

　　又沈德府《敝帚齋餘談》（硯云乙編）亦云：

> 正德間教坊司改造前門，有過之者詫曰，異哉術士也，此後當出玉帶數條。聞者失笑。未幾上愛小優數人，命閹之，留於鐘鼓司，俄稱上意，俱賞蟒玉。

　　遊龍戲鳳的皇帝偶爾玩一點把戲，原是當然的，水鄉小孩看見螃蟹，心想玩弄，卻又有點害怕，末了就把蟹的兩隻大鉗折去了，拿了好玩，差不多是同樣的巧妙的殘酷罷。

太監是一個很有興趣的題目，卻有很深長的意義。說國家會亡於太監，在現今覺得這未必確實，但用太監的國家民族難得興盛，這總是可以說的了。西歐各國無用太監者，就是遠東的日本也向來沒有太監，他們不肯殘毀人家的支體以維男女之大防，這一點也即是他們有人情有生意的地方。中國太監制度現在總算廢除了，可是有那麼長的歷史存在，想起來不禁悚然，深恐正如八股雖廢而流澤孔長也。

(選自《夜讀抄》，上海：北新書局，1934 年)

薩天師語錄（三）

林語堂

　　薩拉圖斯脫拉決心辭別河畔的涼風，跑到人聲嘈雜的市上。他跟隨群眾走進一熱氣闊塞的咖啡店裏。在這熱鬧的廣眾中，他感到一種特殊的慰藉。

　　不遠的，薩拉圖斯脫拉看見他前日遇見在街房演講的女士。薩拉圖斯脫拉看見她糾糾的氣象，的確與馬車中「嘻嘻！嘿嘿！」東方文明之神不同。薩拉圖斯脫拉又驚喜又憂慮道：她是我想見的新時代的產物。但是我希望她也是新時代之產生者。就可惜她不該不產！

　　剪髮的女士走到薩拉圖斯脫拉跟前坐下。她對薩拉圖斯脫拉說：

　　薩拉圖斯脫拉！我知道你是返俗的高僧，是搗毀偶像的道人；你是一切蔑視之蔑視者，一切譏諷之譏諷者。我們希望你也搗毀一切壓迫女性的偶像。

　　我們要打破性幽囚的監牢，要撕斷性奴隸的桎梏。

　　我們推翻貞女烈婦的牌坊，要摘下賢妻慈母的匾額。

　　我們要脫離寄生蟲的生活，也要卸去生育寄生蟲的責任。

　　我們要唱男子雄壯之歌，使柔順忸怩的男生完全屈服。

　　薩拉圖斯脫拉！我們也願聽你的意見。

薩拉圖斯脫拉忽露笑容說：

我的女孩！你的志願很好！但只是你的志願很好！

年輕的女郎！在你壯麗的聲容中，我彷彿聽見性幽囚的哭聲，在你蓬髮的底下，我似乎仍然看見性奴隸的面目。

這個哭聲與這個面目，就是你尚未得解放的徽記。你們已因輿論而憔悴，而且要病臥呻吟於輿論的榻上。所以我彷彿看見及聞見你們的哭聲與淚痕。

我要告訴你們解放的真術。我袈裟中隱藏一法寶，不輕易示人的，未知你能消受否？

蓬髮的女士道：薩天師！給我看你的法寶！是個什麼東西？

薩拉圖斯脫拉說：唔！是一個小小的真理，他是怕見俗目的。

薩天師說：

性愛於男子是一種消遣，於女子已成了職業，這職業招牌就是箆，梳，箕，帚。

性愛是男子的慰安，但是它是女子的生命，所以你及你的同性成為性的奴隸。

性愛是剛強的。它是擇肥而噬的。你們太肥了。

因為你們整個投降於性愛，所以你及你的同性成為性愛的工具。

男子是性愛的主人，因為男子的性愛是從午茶起的……

薩拉圖斯脫拉說：

我願意替你們打斷一切的枷鎖，只是你們不能容納。我願意放你們翱翔於天空，你們養慣的籠鳥。

　　可憐養慣的小鳥，你們只會唱主人之歌。你們仍然要歸宿於主人的簷下。

　　在你們充滿着性奴隸的憤慨的腦海中，你們尚未忘掉你們主人的印象。

　　在你們自由戰爭中，你們已經唱頌揚監禁你們者之歌。你們仍然以與男性平等為最高的標準。

　　與男性平等，這是你們最高的榮耀。而且你們頗已羨慕男性之平胸與不產。

　　薩拉圖斯脫拉說：就是你們的胸已平，你們也無過做男性之投降者。就是你們真正不產，你們也只是男性之投機者。

　　我願意看見新時代的女子，——她要打破束縛你們自由的桎梏——男子的好惡！

　　我願意看見新時代的女子，——她要無愧的標立，表現，發揮女性的不同，建造新女性於別個的女性之上。

　　但是我的希望是徒然的，我的說話也是徒然的……

　　年輕的女士起立向薩拉圖斯脫拉辭別，辭別之時，她微笑的說：

　　薩拉圖斯脫拉！你的確是個男性，而且是老年的男性！今晚的話確使我聞所未聞！

　　誠然我要以我情人的好惡為轉移，因為我要完成愛情的使命！薩拉圖斯脫拉！　……

但是薩拉圖斯脫拉已經起立，撫摩她的頭額說：我都知道了！薩拉圖斯脫拉都知道了！回去執你的篦，梳，箕，帚！

我所愛的少女，夏娃的嫡系！你已經説老實話！我愛你的老實。

薩拉圖斯脫拉如是説。

《語絲》四卷十五期

（選自《大荒集》，上海：上海書店，1985 年影印本）

關於女人

瞿秋白

國難期間女人似乎也特別受難些。一些正人君子責備女人愛奢侈，不肯光顧國貨。就是跳舞，肉感等等，凡是和女性有關的，都成了罪狀。彷彿男人都成了苦行和尚，女人都進了修道院，國難就得救了似的。

其實那不是她的罪狀，正是她的可憐。這社會制度，把她擠成了各種各式的奴隸，還要把種種罪名加在她頭上。西漢末年，女人的眉毛畫得歪歪斜斜，也就是敗亡的預兆。其實亡漢的何嘗是女人！總之，只要看有人出來唉聲嘆氣的不滿意女人，我們就知道高等階級的地位有些不妙了。

奢侈和淫靡只是一種社會崩潰腐化的現象，決不是原因。私有制度的社會本來把女人也當做私產，當作商品。一切國家，一切宗教，都有許多稀奇古怪的規條，把女人當做什麼不吉利的動物，威嚇她，要她奴隸般的服從；同時又要她做高等階級的玩具。正像正人君子罵女人奢侈，板着面孔維持風化，而同時正在偷偷地欣賞肉感的大腿文化。

阿拉伯一個古詩人說：「地上的天堂是在聖賢的經典裏，在馬背上，在女人的胸脯上。」這句話倒是老實的供狀。

自然，各種各式的賣淫總有女人的份。然而買賣是雙方的。沒有買淫的嫖男，哪裏會有賣淫的娼女。所以問題還在賣淫的社會

根源。這根源存在一天，淫靡和奢侈就一天不會消滅。女人的奢侈是怎麼回事？男人是私有主，女人自己也不過是男人的所有品。她也許因此而變成了「敗家精」。她愛惜家財的心要比較的差些。而現在，賣淫的機會那麼多，家庭裏的女人直覺地感覺到自己地位的危險。民國初年就聽說上海的時髦總是從長三堂子傳到姨太太之流，從姨太太之流再傳到少奶奶，太太，小姐。這些「人家人」要和娼妓競爭——極大多數是不自覺的，——自然，她們就要竭力的修飾自己的身體，修飾拉得住男子的心的一切。這修飾的代價是很貴的，而且一天天的貴起來，不但是物質的代價，還有精神上的代價。

美國的一個百萬富翁說：「我們不怕……我們的老婆就要使我們破產，較工人來沒收我們的財產要早得多呢，工人他們是來不及的了。」而中國也許是為着要使工人「來不及」，所以高等華人的男女這樣趕緊的浪費着，享用着，暢快着，哪裏還管得到國貨不國貨，風化不風化。然而口頭上是必須維持風化，提倡節儉的。

一九三三，四，十一

（選自《瞿秋白文集》二卷，北京：人民文學出版社，1986 年）

女人未必多説謊

魯迅

　　侍桁先生在《談説謊》裏，以為説謊的原因之一是由於弱，那舉證的事實，是：「因此為什麼女人講謊話要比男人來得多。」

　　那並不一定是謊話，可是也不一定是事實。我們確也常常從男人們的嘴裏，聽説是女人講謊話要比男人多，不過卻也並無實證，也沒有統計。叔本華先生痛罵女人，他死後，從他的書籍裏發見了醫梅毒的藥方；還有一位奧國的青年學者，我忘記了他的姓氏，做了一大本書，説女人和謊話是分不開的，然而他後來自殺了。我恐怕他自己正有神經病。

　　我想，與其説「女人講謊話要比男人來得多」，不如説「女人被人指為『講謊話要比男人來得多』的時候來得多」，但是，數目字的統計自然也沒有。

　　譬如罷，關於楊妃，祿山之亂以後的文人就都撒着大謊，玄宗逍遙事外，倒説是許多壞事情都由她，敢説「不聞夏殷衰，中自誅褒妲」的有幾個。就是妲己，褒姒，也還不是一樣的事？女人的替自己和男人伏罪，真是太長遠了。

　　今年是「婦女國貨年」，振興國貨，也從婦女始。不久，是就要挨罵的，因為國貨也未必因此有起色，然而一提倡，一責罵，男人們的責任也盡了。

記得某男士有為某女士鳴不平的詩道：「君主城上豎降旗，妾在深宮那得知？二十萬人齊解甲，更無一個是男兒！」快哉快哉！

一月八日

（選自《魯迅全集》五卷，北京：人民文學出版社，1981 年）

奇怪

魯迅

　　世界上有許多事實，不看記載，是天才也想不到的。非洲有一種土人，男女的避忌嚴得很，連女婿遇見丈母娘，也得伏在地上，而且還不夠，必須將臉埋進土裏去。這真是雖是我們禮義之邦的「男女七歲不同席」的古人，也萬萬比不上的。

　　這樣看來，我們的古人對於分隔男女的設計，也還不免是低能兒；現在總跳不出古人的圈子，更是低能之至。不同泳，不同行，不同食，不同做電影，都只是「不同席」的演義。低能透頂的是還沒有想到男女同吸着相通的空氣，從這個男人的鼻孔裏呼出來，又被那個女人從鼻孔裏吸進去，淆亂乾坤，實在比海水只觸着皮膚更為嚴重。對於這一個嚴重問題倘沒有辦法，男女的界限就永遠分不清。

　　我想，這只好用「西法」了。西法雖非國粹，有時卻能夠幫助國粹的。例如無線電播音，是摩登的東西，但早晨有和尚唸經，卻不壞；汽車固然是洋貨，坐着去打麻將，卻總比坐綠呢大轎，好半天才到的打得多幾圈。以此類推，防止男女同吸空氣就可以用防毒面具，各背一個箱，將養氣由管子通到自己的鼻孔裏，既免拋頭露面，又兼防空演習，也就是「中學為體，西學為用」。凱末爾將軍治國以前的土耳其女人的面幕，這回可也萬萬比不上了。

假使現在有一個英國的斯惠夫德似的人，做一部《格利佛遊記》那樣的諷刺的小說，說在二十世紀中，到了一個文明的國度，看見一群人在燒香拜龍，作法求雨，賞鑒「胖女」，禁殺烏龜；又一群人在正正經經的研究古代舞法，主張男女分途，以及女人的腿應該不許其露出。那麼，遠處，或是將來的人，恐怕大抵要以為這是作者貧嘴薄舌，隨意捏造，以挖苦他所不滿的人們的罷。

　　然而這的確是事實。倘沒有這樣的事實，大約無論怎樣刻薄的天才作家也想不到的。幻想總不能怎樣的出奇，所以人們看見了有些事，就有叫作「奇怪」這一句話。

八月十四日

（選自《魯迅全集》五卷，北京：人民文學出版社，1981 年）

男人的進化

魯迅

　　說禽獸交合是戀愛未免有點褻瀆。但是，禽獸也有性生活，那是不能否認的。它們在春情發動期，雌的和雄的碰在一起，難免「卿卿我我」的來一陣。固然，雌的有時候也會裝腔做勢，逃幾步又回頭看，還要叫幾聲，直到實行「同居之愛」為止。禽獸的種類雖然多，它們的「戀愛」方式雖然複雜，可是有一件事是沒有疑問的：就是雄的不見得有什麼特權。

　　人為萬物之靈，首先就是男人的本領大。最初原是馬馬虎虎的，可是因為「知有母不知有父」的緣故，娘兒們曾經「統治」過一個時期，那時的祖老太太大概比後來的族長還要威風。後來不知怎的，女人就倒了霉：項頸上，手上，腳上，全都鎖上了鏈條，扣上了圈兒，環兒，——雖則過了幾千年這些圈兒環兒大都已經變成了金的銀的，鑲上了珍珠寶鑽，然而這些項圈，鐲子，戒指等等，到現在還是女奴的象徵。既然女人成了奴隸，那就男人不必徵求她的同意再去「愛」她了。古代部落之間的戰爭，結果俘虜會變成奴隸，女俘虜就會被強姦。那時候，大概春情發動期早就「取消」了，隨時隨地男主人都可以強姦女俘虜，女奴隸。現代強盜惡棍之流的不把女人當人，其實是大有酋長式武士道的遺風的。

　　但是，強姦的本領雖然已經是人比禽獸「進化」的一步，究竟還只是半開化。你想，女的哭哭啼啼，扭手扭腳，能有多大興

趣？自從金錢這寶貝出現之後，男人的進化就真的了不得了。天下的一切都可以買賣，性慾自然並非例外。男人化幾個臭錢，就可以得到他在女人身上所要得到的東西。而且他可以給她說：我並非強姦你，這是你自願的，你願意拿幾個錢，你就得如此這般，百依百順，咱們是公平交易！蹂躪了她，還要她說一聲「謝謝你，大少」。這是禽獸幹得來的麼？所以嫖妓是男人進化的頗高的階段了。

同時，父母之命媒妁之言的舊式婚姻，卻要比嫖妓更高明。這制度之下，男人得到永久的終身的活財產。當新婦被人放到新郎的床上的時候，她只有義務，她連講價錢的自由也沒有，何況戀愛。不管你愛不愛，在周公孔聖人的名義之下，你得從一而終，你得守貞操。男人可以隨時使用她，而她卻要遵守聖賢的禮教，即使「只在心裏動了惡念，也要算犯姦淫」的。如果雄狗對雌狗用起這樣巧妙而嚴厲的手段來，雌的一定要急得「跳牆」。然而人卻只會跳井，當節婦，貞女，烈女去。禮教婚姻的進化意義，也就可想而知了。

至於男人會用「最科學的」學說，使得女人雖無禮教，也能心甘情願地從一而終，而且深信性慾是「獸慾」，不應當作為戀愛的基本條件；因此發明「科學的貞操」，——那當然是文明進化的頂點了。

嗚呼，人——男人——之所以異於禽獸者！

自注：這篇文章是衛道的文章。

九月三日

（選自《魯迅全集》五卷，北京：人民文學出版社，1981年）

談《娜拉》

聶紺弩

　　易卜生的《娜拉》對世界給予的影響之大，是用不着談的。但在「中國」人的我們看來，娜拉的面貌，卻不見得很清楚。因為是一個劇本吧，不容易描寫主人公的日常生活，也不容易刻畫她個人的性格；一個嬌生慣養的紳士的小姐，一個被鍾愛着的銀行家的太太和三個小寶貝的母親的娜拉，因為做了那樣一椿得意的事，發覺之後竟意外地遭了丈夫的斥責的原故，馬上就大徹大悟，認定舉世皆非我獨是，勇敢地摔掉在一塊兒過了八年之久的丈夫，跟三個小寶貝，赤手空拳地跑到外邊去。這樣的事，至少在我個人，是感覺得不很親切的。我相信：在某一個時代，會有像娜拉那樣熱情的勇敢的女性，只是劇本上的娜拉，隔我們卻好像還很遠。

　　我們也有我們的「娜拉」，並且有很多；都是有血有肉，耳鼻眉眼清清楚楚。這樣的「娜拉」，說起來現在該有三十多歲了。形體上大約有一雙裹壞過的大腳，扁平又窄狹的胸脯，耳朵上留着永久長不還原的針眼，甚至還有一口還未洗白的黃牙齒。他們大約生在知書識理的地主紳士的家庭，腦子裏也許裝進過些「女誡」、「女四書」什麼的；「中國」古先聖賢的大道，雖然始終莫測高深，多少也該被硬裝進了一些，使她們很夠資格做一個賢淑的妻子乃至母親。

可是帝國主義的鐵蹄踏到「中國」，加速了「中國」舊制度的崩潰；由於封建地主的覺悟，改弦易轍地從事工商業，形成一種新的勢力，許多足以妨礙這新興勢力發展的舊東西，都被放在重新估價之列；「中國」人的生活就掀起了空前的浪潮，很快地到達了所謂「人的發現」或「自我覺醒」的時代。多謝她們的家庭社會地位，多謝那舊式的教育，本來是要被造成良妻賢母的她們卻也被養成了能夠感受三從四德以外的新東西的能力，使她們敏銳地感到她們的母親以前的女性所不能感到的生活上的苦痛，並且不能忍受它，雖說母親以前的女性都忍受過來了。包辦的買賣式的婚姻，無知的凶殘的配偶，愚暗的殘酷的家庭的虐待或輕蔑，都在她們心上劃上了深深的創痕。她們覺悟了，她們走了，摔掉了自己的家庭、配偶，甚至兒女。

不過她們的走，也不像劇本上那樣自由自在，縱容慷慨。在昏黑的天空底下，瞞住家庭，瞞住朋友，孤零零地提着簡單的行李去趕車搭船，向生疏的遙遠的外鄉走去，不知有多少機會可以被發見，阻止，弄回去受那禁閉，鞭笞，譏笑等等羞辱。走以前也許遲疑過，猶豫過；走以後也許後悔過；正走的時候，不用說，害怕，驚慌，提心吊膽，心情更是複雜。只要看看《白薇自傳》跟白薇在《我與文學》上的表白，我們不難想像一個私逃的人的情景。至於她們所以採用逃的手段，無非說明那時候舊勢力的強固，她們自己的力量薄弱，周圍又沒有能夠實際幫助她們的什麼；要跟家庭或配偶正面衝突起來，得到的不會是勝利，反是更大的迫害。無法之中的辦法，只有這種消極的抵抗。誰知這種消極的抵抗，倒發生了積極的作用，她們的行為竟從婚姻問題、戀愛問題、家庭問題擴大開

來，掀起法律、道德、經濟、職業等等問題的浪潮，完成了那一時代的任務呢！

這是腳踏實地毫不誇張的「娜拉」。不必是什麼英雄，自然完成了英雄的任務；不必有什麼理想，自然合乎歷史進展的法則。我們現在看來，她們的面貌像我們的姐姐妹妹一樣熟悉；她們的性格、心情、思想像我們的密友一樣容易了解；她們一點也不是戲劇上的人物，倒是我們現實生活中的朋友。

然而，「娜拉」的時代已經過去了，現在地主紳士的小姐的生活，已不像從前「娜拉」們所身受過的那樣苦痛，不但住在大學的「東宮」或摩登的家庭，暢談着婚姻、戀愛等問題的已大有人在，法律並且為她們增訂或修改了不少的條文，都是從前「娜拉」們所未夢見的。從前的「娜拉」如果有現在這種優越的生活，又沒有新的覺醒的話，也許會只穿穿最摩登的絨衣，看看張資平、張恨水的小說來消磨這有用的青春的吧。所以，與其說我們的「娜拉」都回到家庭去了或現在的女學生沒有出息不能做「娜拉」，不如說現在地主紳士的小姐們的生活中已經不能產生「娜拉」，縱有「娜拉」，已不能引起大的注意，不算這一時代的代表的女性了。

新時代的女性，會以跟娜拉完全不同的姿態而出現。首先，就不一定是或簡直不是地主紳士的小姐；所感到的痛苦又不僅是自己個人的生活；採用的戰略，也不會是消極抵抗，更不會單人獨騎就跑上戰線。作為群集中的一員，邁着英勇的腳步，為婉轉在現實生活的高壓之下的全體的女性跟男性而戰鬥的，是我們現在的女英雄。這些女英雄，也許現在還是些無名的人物，也還沒有到寫新的

《白薇自傳》的時候；為了表現這種英雄，我們需要新時代的「易卜生」。

為我們的女英雄祝福！為新時代的「易卜生」祝福！

一九三五，一，二十七

（選自《聶紺弩雜文集》，北京：三聯書店，1981 年）

「確係處女小學亦可」

聶紺弩

從報上看到一條「徵求伴侶」的廣告：

> 某君……家道小康生活獨立收入甚豐因中年乏嗣擬徵十六歲至二十二歲……品貌秀麗膚白體健性情溫和中學程度未婚女性為伴侶確係處女小學亦可……願者函寄最近全身像片……或臨……面談

大概因為是戰時吧，女孩子們流落在外面的很多，而出路則比平時更少，就是結婚，說不定更困難。既已生為男性，縱然沒有任何可取之處，只要說聲「徵求伴侶」，也會有許多女孩子們爭先恐後，來奪這光榮的錦標的吧；何況年僅「中年」，「家道小康」，「收入甚豐」，條件實在優厚得很。如果我具有這樣好的條件，一定還要在「親臨」「面談」之後，加上這樣的話語：「隨繳報名費若干元，落第不退」！

也大概因為是戰時，故鄉淪陷，失家失學失業，以致貧無立錐的人很多，幸而無災無難，保持「家道小康」，「收入甚豐」的原狀，正該大可驕傲，為所欲為。所以已到「中年」，並非無妻（廣告中僅稱乏嗣）的男性，也就可以挑選女孩子們的年齡，品貌，體格，膚色，性情，學歷，而最重要的是處女膜的有無——誰教她們長着一種容易破損而又不會再有的怪東西的呢！

仍舊因為是戰時，獸兵所到的地方，很難留下貞潔的女性，雖然他們也許像豬八戒吃人參果一樣，無暇分辨處女與非處女之間的區別。流落在外，貧無立錐，剛要成年的女孩子們，沒有生活技能，或者反而挑着養活父母兄弟的千斤擔子，當賣香煙擦皮鞋嫌年紀大，作縫窮婦又嫌年紀小之際，說不定真有顧不到「餓死事小，失節事大」的古訓的時候，這樣說來，雖無統計，說現在的處女的數量比平時少，不見得會有什麼毛病。處女少，就是風化不良，於世道人心影響甚大；憂國之士，正應乘時奮起，用種種方法，力挽狂瀾。而最好的方法之一，就是「徵求伴侶」的時候，非處女不錄，使那些黃毛丫頭們瞻顧前途，不能不有戒心。瞧：「確係處女，小學亦可」，是何等篤愛真才，關心世道，而不惜自我犧牲的偉大精神！

　　好久以來，我總以為像《雜事秘辛》描寫的檢視女性身體的那種苛細程度，是過去的事；《閒情偶寄》上所說的「美人四肢百骸，無不為人而生」；「妻妾者人中之楊」，是過去的女性觀；從這廣告看來，才知道自己的見解，錯誤得可怕。「收入甚豐」之類，自然非同小可，但比之於「富有四海，貴為天子」的人來，還是相去甚遠的。「收入甚豐」就可如此地苛求年齡，品貌，膚色乃至處女膜的有無；《雜事秘辛》上的檢視法，未免太馬虎了。為什麼要檢視，為什麼要挑選呢？自然是因為「美人四肢百骸，無不為人而生」，「妻妾者人中之楊」也。

　　我不想發女孩子讀書無用，不如好好保護處女膜之類的感慨；也並不替當選的「伴侶」擔心：幾年之後，「某君」仍舊「乏嗣」，會有怎樣的結局。只懷疑一件事，「小學」而不「確係處女」，「體驗」出來了之後又將如何辦理？

另外還有一點不愉快的想法：我以為這樣廣告出來，倒不失為一種天真的自白，不登廣告而在暗中實行，雖不「徵求伴侶」也抱着一樣見解的人，今天恐怕還太多。這是一件使人還不能盡情地歌頌我們的時代的事。

一九四〇，九，十八

（選自《聶紺弩雜文集》，北京：三聯書店，1981 年）

三八節有感

丁玲

「婦女」這兩個字，將在什麼時代才不被重視，不需要特別的被提出呢？

年年都有這一天。每年在這一天的時候，幾乎是全世界的地方都開着會，檢閱着她們的隊伍。延安雖說這兩年不如前年熱鬧，但似乎總有幾個人在那裏忙着。而且一定有大會，有演說的，有通電，有文章發表。

延安的婦女是比中國其他地方的婦女幸福的。甚至有很多人都在嫉羨的說：「為什麼小米把女同志吃得那麼紅胖？」女同志在醫院，在休養所，在門診部都佔着很大的比例，似乎並沒有使人驚奇。然而延安的女同志卻仍不能免除那種幸運：不管在什麼場合都最能作為有興趣的問題被談起。而且各種各樣的女同志都可以得到她應得的非議。這些責難似乎都是嚴重而確當的。

女同志的結婚永遠使人注意，而不會使人滿意的。她們不能同一個男同志比較接近，更不能同幾個都接近。她們被畫家們諷刺：「一個科長也嫁了麼？」詩人們也說：「延安只有騎馬的首長，沒有藝術家的首長，藝術家在延安是找不到漂亮的情人的。」然而她們也在某種場合聆聽着這樣的訓詞：「他媽的，瞧不起我們老幹部，說是土包子，要不是我們土包子，你想來延安吃小米！」但女

人總是要結婚的（不結婚更有罪惡，她將更多的被作為製造謠言的對象，永遠被污蔑）。不是騎馬的就是穿草鞋的，不是藝術家就是總務科長。她們都得生小孩。小孩也有各自的命運：有的被細羊毛線和花絨布包着，抱在保姆的懷裏；有的被沒有洗淨的布片抱着，扔在床頭啼哭，而媽媽和爸爸都在大嚼着孩子的津貼（每月二十五元，價值二斤半豬肉），要是沒有這筆津貼，也許他們根本就嘗不到肉味。然而女同志究竟應該嫁誰呢，事實是這樣，被逼着帶孩子的一定可以得到公開的譏諷：「回到家庭了的娜拉」。而有着保姆的女同志，每一個星期可以有一次最衛生的交際舞。雖說在背地裏也會有難比的誹語悄聲的傳播着，然而只要她走到哪裏，哪裏就會熱鬧，不管騎馬的，穿草鞋的，總務科長，藝術家們的眼睛都會望着她。這同一切的理論都無關，同一切主義思想也無關，同一切開會演說也無關。然而這都是人人知道，人人不說，而且在做着的現實。

離婚的問題也是一樣。大抵在結婚的時候，有三個條件是必須注意到的。一、政治上純潔不純潔，二、年齡相貌差不多，三、彼此有無幫助。雖說這三個條件幾乎是人人具備（公開的漢奸這裏是沒有的。而所謂幫助也可以說到鞋襪的縫補，甚至女性的安慰），但卻一定堂皇的考慮到。而離婚的口實，一定是女同志的落後。我是最以為一個女人自己不進步而還要拖住她的丈夫為可恥的，可是讓我們看一看她們是如何落後的。她們在沒有結婚前都抱着有凌雲的志向，和刻苦的鬥爭生活，她們在生理的要求和「彼此幫助」的蜜語之下結婚了，於是她們被逼着做了操勞的回到家庭的娜拉。她們也唯恐有「落後」的危險，她們四方奔走，厚顏的要求託兒所收

留她們的孩子，要求刮子宮，寧肯受一切處分而不得不冒着生命的危險悄悄的去吃墮胎的藥。而她們聽着這樣的回答：「帶孩子不是工作嗎？你們只貪圖舒服，好高鶩遠，你們到底做過一些什麼了不起的政治工作？既然這樣怕生孩子，生了又不肯負責，誰叫你們結婚呢？」於是她們不能免除「落後」的命運。一個有了工作能力的女人，而還能犧牲自己的事業去作為一個賢妻良母的時候，未始不被人所歌頌，但在十多年之後，她必然也逃不出「落後」的悲劇。即使在今天以我一個女人去看，這些「落後」分子，也實在不是一個可愛的女人。她們的皮膚在開始有褶皺，頭髮在稀少，生活的疲憊奪取她最後的一點愛嬌。她們處於這樣的悲運，似乎是很自然的。但在舊社會裏，她們或許會被稱為可憐，薄命，然而在今天，卻是自作孽，活該。不是聽說法律上還在爭論着離婚只須一方提出，或者必須雙方同意的問題麼？離婚大約多半都是男子提出的，假如是女人，那一定有更不道德的事，那完全該女人受詛咒。

我自己是女人，我會比別人更懂得女人的缺點，但我卻更懂得女人的痛苦。她們不會是超時代的，不會是理想的，她們不是鐵打的。她們抵抗不了社會一切的誘惑，和無聲的壓迫，她們每人都有一部血淚史，都有過崇高的感情（不管是升起的或沉落的，不管有幸與不幸，不管仍在孤苦奮鬥或捲入庸俗）。這在對於來到延安的女同志說來更不冤枉，所以我是拿着很大的寬容來看一切被淪為女犯的人的。而且我更希望男子們，尤其是有地位的男子，和女人本身都把這些女人的過錯看得與社會有聯繫些。少發空議論，多談實際的問題，使理論與實際不脫節，在每個共產黨員的修身上都對自己負責些就好了。

然而我們也不能不對女同志們，尤其是在延安的女同志有些小小的企望。而且勉勵着自己，勉勵着友好。

　　世界上從沒有無能的人，有資格去獲取一切的。所以女人要取得平等，得首先強己。我不必說大家都懂得。而且，一定在今天會有人演說的：「首先取得我們的政權」的大話，我只說作為一個陣線中的一員（無產階級也好，抗戰也好，婦女也好），每天所必須注意的事項。

　　第一，不要讓自己生病。無節制的生活，有時會覺得浪漫，有詩感，可愛，然而對今天環境不適宜。沒有一個人能比你自己還會愛你的生命些。沒有什麼東西比今天失去健康更不幸些。只有它同你最親近，好好注意它，愛護它。

　　第二，使自己愉快。只有愉快裏面才有青春，才有活力，才覺得生命飽滿，才覺得能擔受一切磨難，才有前途，才有享受。這種愉快不是生活的滿足，而是生活的戰鬥和進取。所以必須每天都作點有意義的工作，都必須讀點書，都能有東西給別人，遊惰只使人感到生命的空白，疲軟，枯萎。

　　第三，用腦子。最好養成為一種習慣。改正不作思索，隨波逐流的毛病。每說一句話，每做一件事，最好想想這話是否正確，這事是否處理的得當，不違背自己做人的原則，是否自己可以負責。只有這樣才不會有後悔。這就叫通過理性；這，才不會上當，被一切甜蜜所蒙蔽，被小利所誘，才不會浪費熱情，浪費生命，而免除煩惱。

　　第四，下吃苦的決心，堅持到底。生為現代的有覺悟的女人，就要有認定犧牲一切薔薇色的溫柔的夢幻。幸福是暴風雨中的搏

鬥，而不是在月下彈琴，花前吟詩。假如沒有最大的決心，一定會在中途停歇下來。不悲苦，即墮落。而這種支持下去的力量卻必須在「有恆」中來養成。沒有大的抱負的人是難於有這種不貪便宜，不圖舒服的堅忍的。而這種抱負只有真正為人類，而非為己的人才會有。

三八節清晨

附及：文章已經寫完了，自己再重看一次，覺得關於企望的地方，還有很多意見，但為發稿時間緊迫，也不能整理了。不過又有這樣的感覺，覺得有些話假如是一個首長在大會中說來，或許有人認為痛快。然而卻寫在一個女人的筆底下，是很可以取消的。但既然寫了就仍舊給那些有同感的人看看吧。

（載《解放日報》副刊《文藝》98 期，1942 年 3 月 9 日）

論娼妓

聶紺弩

一

娼妓是惡之花。生長於惡的土壤之上，吸收的陽光，水分，空氣，無一而非惡，人類的惡，制度使人變成惡的惡呀！只有她自身至少不是惡，如果不可逕說是善。

這花，也有古老的名字：火坑蓮。蓮者，「出污泥而不染」者也。

二

娼妓是淫蕩者？不！娼妓是不被允許有節操的聖潔者。沒有誰像娼妓一樣從心底憎恨性行為，以它為羞辱，為苦痛，為災難，而無法擺脫。

無論怎樣純貞的情侶，無論怎樣貞淑的夫婦，一當他們在一起的時候，都太猥褻了！

一切人的性行為都有淫蕩成分，唯娼妓則否。

娼妓是風化的妨害者？不！是被風化妨害者。正因為有所謂風化，有人要維持風化，所以另一方面不能不有娼妓。娼妓是社會秩序，幸福家庭的破壞者？不！是被社會秩序，幸福家庭所坑陷者。

正因為有所謂社會秩序，幸福家庭，有人要維持這秩序，這家庭，所以另一方面就不能不有娼妓。假如現社會的其他條件不變，只要沒有娼妓，至少在都市上，必會更多奸淫，更多情死，更多謀殺。會不會還有風化或幸福家庭，是可疑的；社會秩序的尊嚴，是可疑的！

娼妓是病毒的傳播者？不！娼妓是法定的病毒的吸收者。在一切人之中，再沒有如此宿命地以身殉病的了。

三

娼妓是文明的懷疑者。她用自己的存在，證明這文明包含有人身買賣與性的買賣。

娼妓是人性的懷疑者，有人買她，有人賣她；誰買，誰賣；如何買，如何賣；她知道得很清楚。

娼妓是父母的懷疑者，尤其是父慈母愛之類的說詞的懷疑者。她也是父母的女兒啊！她們中間，很多是被父母賣掉或被父母逼迫的。假如她們能夠不賣掉或逼迫她們，現在也許正在炫示他們的「養育之恩」咧！

娼妓是婦德——貞操之類的懷疑者。一切沒有成為娼妓的婦女，是因為她們可以不成為娼妓。她如果也可以不成為娼妓，她早就不是娼妓了。

同時，也是莊嚴的男性的懷疑者。他們中間自然沒有娼妓，那是因為他們不能成為娼妓的緣故。但安知沒有自恨不能成為娼妓者？

四

再沒有像娼妓的品德這樣無可非難的了。

她賣弄風騷？她應該賣弄風騷！她迎新送舊？她應該迎新送舊！她搽胭抹粉，奇裝異服？她應該搽胭抹粉，奇裝異服！她花言巧語，虛情假意？她應該花言巧語，虛情假意！她⋯⋯？她應該⋯⋯！

一切都是職業規定的。

倒是附庸風雅的薛濤，枹鼓助戰的梁紅玉，卻未免多事。但也證明了一事，即娼妓何事不如人——她們中間不也有才女賢妻麼——而竟淪為娼妓！但也無須證明，雅典的娼妓本來都是女智識者。

但非職業的娼妓，無論男女，哪怕只具有那品德的一枝一葉，都是可恥的。而且人們怎樣會具有那種品德呢？從娼妓學去的麼？如非其人在娼妓之下，何至以娼妓為師？不是從娼妓學去的麼？足見那種品德非娼妓所獨有。

五

為什麼有男女？為什麼只有女性才能做娼妓？為什麼有娼妓制度？

如果是自然的劃分，自然是錯誤的！如果是歷史的演化，歷史是錯誤的！如果是社會的促成，社會是錯誤的！

娼妓是為這一切錯誤而犧牲的受難者！

六

最需要幫助而最無助，最需要得救而最無自救能力的是娼妓。

在一切不幸者中間，娼妓將是最後的得救者！

七

向娼妓驕傲吧，輕視她，唾棄她，踐踏她吧！一切人間的幸運
兒們！

（選自《聶紺弩雜文集》，北京：三聯書店，1981 年）

論武大郎

聶紺弩

上

武大郎安分守己，勤勉而良善，順從他的妻子，友愛他的弟弟，和鄰居們從不發生什麼糾葛，是好人和良民的標本。然而他的老婆被人姦佔了，他的性命斷送在姦夫淫婦（這只是法律上的名詞吧，但此處正用得着！）和「馬泊六」手裏了！豈但如此，還落下一個「王八」之名，千百年下，好開玩笑的常用他的名字作揶揄別人的用語，好像他不是好人和良民的標本，反是王八的標本！這是怎樣一個不問是非，不分青紅皂白的世界呀！又是怎樣一些不問是非，不分青紅皂白的人們！活在這樣的世界上和人們中間，用胡風先生的話説：就是「在混亂裏面」！

請問：他犯了什麼罪，應該得到這樣的結果？

他矮。這是他的錯麼？晏平仲也矮，為什麼沒有得到同樣的結果？王矮虎也矮，為什麼不但不失掉老婆，反而得到老婆呢？

他樣子不漂亮。這又是他的錯麼？「不意天壤之間竟有王郎」，這是晉朝一位闊太太講的話。那位王郎，樣子就不漂亮，雖然不能可太太之意，也沒有得到武大郎的結果呀！

他沒有學問。但西門慶又有什麼學問呢？最沒有學問的莫過於晉惠帝（？），他説：「天下饑，何不食肉糜？」但還做皇帝咧！

他的老婆太好看了。笑話，西門慶有六個「房下」，一個賽似一個地好看，他的老婆不過其中之一。

他窮。對了，他窮。但顏回也窮，「一簞食，一瓢飲，在陋巷」；原憲也窮，「捉襟則肘見，納履則踵決」；黔婁也窮，「夫婦對泣於牛衣中」，窮人實在太多了！

他賣炊餅。當然，他賣炊餅。但炊餅這東西到處都有，也就是到處都有賣炊餅的。難道人人都像武大郎那樣結局麼？

這些原因，分開來，一個也搔不着癢處；但合起來，武大郎就死於非命了。

武大郎窮，賣炊餅，這不是什麼高尚職業；在舊世界，凡靠體力勞動吃飯的，都不高尚。一表非凡地不像樣子，貧窮和低微的世襲者又怎麼會像樣子呢？大概沒有讀書，像他這樣地位的窮人大都很少機會讀書的。從優生學（一名淑種學或遺傳學）的立場說，是一種愚劣的人類，根本沒有傳種的資格，不應該有老婆。我想潘光旦教授一定會同意。這決不苛刻，為學術，為人類，為種族，為國家，為人民，都有這必要。而最必要的還是他自己。假如沒有老婆，他就不會慘死！也許有人懷疑，斷子絕孫的阿Q也沒有老婆，為什麼也慘死了呢？這不同。阿Q偷人家的東西，又想革命；我們的武大郎卻不那樣。再說，阿Q也不算慘死，是國家拿去明正典刑了的，死而與國家有關，怎麼算慘？但優生學恐怕也真有一個缺點：天下固然有許多愚劣的男性，不應該討老婆；另一面是不是也有許多愚劣的女性，不應該嫁人呢？如果有，不嫁不娶，自然最理想；問題是那些愚劣的兩手兩腳的禽獸，既然愚劣，當然不懂得學術，也不懂得為人類，為種族，甚至為他們或她們自己的

這種人替天行道。參天地之化育的學者，聖賢，思想家們的苦心孤詣。如果禁止他們和她們之間的嫁娶，一到春機發動期，他們和她們就會按捺不住，亂來一回，不但於安寧秩序，說不定與國際觀瞻都會有損。莊嚴神聖的優生學，至少在「為國家」這點上，還未達到完善周密之境。放寬尺度吧！在國家面前，學術多少讓點步，就准許那些狗男女們去如此如此吧。但須有個限制：愚劣的男性只能跟愚劣的女性配合！真的，武大郎如果討一個粗腳大手，笨嘴笨舌，有水牛般力氣，幫她的丈夫挑水，砍柴，生火，合面，挑着擔子到街上喊：「熱炊餅呵！」那才真是天生一對，地造一雙，龍配龍，鳳配鳳，一定會夫唱婦隨，白頭偕老的。然而幸乎不幸乎，不幸乎幸乎，他的老婆卻是那如花似玉，千嬌百媚的潘金蓮，於是，「天下從此多事矣」！詩曰：「駿馬每馱痴漢走，巧妻常伴拙夫眠，世間多少不平事，不會作天莫作天！」多少高貴人家，三妻四妾，粉白黛綠，爭妍取憐，誰也不哼一聲；西門大官人就是現成的例子。貧賤人只討了一個老婆，那老婆也沒有別的什麼，不過模樣兒長得好看一點罷了，天下之人就如此憤憤不平，好像一定要他和她分散拆開，最好叫那「巧妻」陪他——那位作詩的「巧夫」眠眠，這才天公地道，心滿意足。有道是：「千夫所指，無疾而死」，武大郎就死在這「千夫」的「指」裏！人，只要有錢，有地位，堂堂一表，不管怎樣為非作歹，卑污貧賤，壞得像西門慶，或者還壞十倍百倍，只要不把番僧的藥吃得太多，都可安享天年，生榮死哀。貧賤醜陋，不管如何良善，如何愛妻友弟睦鄰，不損人，不利己，只靠自己的勞力養活自己和家人；別的不說，就是老婆好看一件事，也可以死於非命。這似乎太不像人間；的確是事實，武大郎的結局，是個有力的證據。

中

　　有這樣的意見麼？武大郎不過小說上的一個不重要的人物，那事件也不過是一件偶然的事件，用不着據以憤世嫉俗。

　　我決不憤世嫉俗，但也決不停止把舊世界的真情實態指示給你。

　　不錯，武大郎是個小說上的人物，但為什麼一定不重要呢？世界上最可貴的是這種人，最多的也是這種人，不聲不響，忍辱含垢，克勤克儉，用勞力養活自己，養活家人，同時也養活全世界。沒有這種人就沒有世界，為什麼不重要？　——別亂扯了！我是說在小說上，他不佔重要地位！　——你這樣說，為什麼？《水滸》可以沒有他麼？《金瓶梅》可以沒有他麼？沒有我聶紺弩，《大公園》還是《大公園》，《野草》還是《野草》，文壇還是文壇，世界更還是世界；但沒有武大郎，想想看，《水滸》就不成其為《水滸》，《金瓶梅》更不成其為《金瓶梅》了。他在小說上的地位比你我在這現實社會佔的地位重要得多。

　　其次，那事件為什麼是偶然的呢！他姓武行大，偶然；他的老婆叫潘金蓮，偶然；那姦夫名叫西門慶，更偶然。但像他這樣地位的人，有了好看的老婆，不能保住，甚至性命也要賠上，這件事卻決不偶然。

　　我是在一個小城市裏生長的，那城裏的事情有許多我都熟悉。跟別處一樣，那裏也有生得好看的女的，大都是有錢有勢（就那小地方而言）人家的小姐，經過某種手續之後，變為少奶奶，奶

奶，太太。她們不一定沒有豔史韻事，但與我們的問題無關，且不談它。低三下四的窮家小戶，比如差人（司法警察）、打漁佬、裁縫、廚子、皮匠、剃頭佬、武大郎的同行等等，女的常常不好看。人果有好看的，不管是老婆也好，女兒也好，首先就一定偷人；不偷的只算是例外。偷同等地位的不是沒有，多數卻是偷那些有錢有勢人家的少爺或店舖老闆。其次是逐漸把偷偷摸摸的事變為公然；再就是變為職業，原來的職業反變為副業，或者根本放棄。我們那兒，偷外面的妓院的那種東西是沒有的，這一點比清河縣差遠了。因此把別人的妻女買來做搖錢樹的事情也沒有。如果有鴇母，那就是「姑娘」的真正母親或婆婆，而龜頭，大茶壺等等，又正是她的丈夫本人。聽見過好幾個這種傳說：某人看見他的老婆了就發抖流汗，走攏去就頭痛；某人跟老婆睡在一個床上就生病，單獨睡就好；某人跟老婆睡，一夜你摸不着我，我摸不着你，像有一道牆隔住了；有緣千里能相會，無緣同床不能歡，順理成章，底下是與其備而不用，又何不沾她一點光，圖一條生財之道呢？這是搖錢樹是老婆的場合，如果是女兒，則更簡便，連傳說也免了。姑娘們的結局有好幾種：其一，嫁給外面來的文武官員做太太或姨太太。父母變為岳老太爺，岳老太太，兄弟變為舅老爺，榮耀之至！原來有丈夫也不要緊，花一筆錢，買一張「脫頭」；這卻比清河縣文明多了，西門慶曉得用這辦法，就會少欠一條命債，免掉許多麻煩！其二，嫁給本地的大好佬做姨太太（本地人討姑娘做正印夫人的差不多沒有），等太太歸天了扶正；其全家光榮同上。其三以下不必說，不嫁或不幸短命死矣的也多。說清楚了沒有？窮家小戶的美人兒，總是老爺，少爺，先生，老闆們寵幸的對象，或者共同寵幸，或者獨

自寵幸，例外幾乎沒有。要不要補充一句傻話？大戶人家的太太，奶奶，少奶奶，小姐，前面說過，不是沒有韻事，甚至偷和尚的都有；但偷差人、裁縫、廚子、終於向丈夫買了脫頭，改嫁給差人之類的，信不信由你，連半個也沒有！沈從文先生曾寫過一個故事，《愛欲》：一個皇后，私奔一個沒有腿的乞丐，每天用車子推着那乞丐在街上討飯。那皇后決不是我們那裏的人！

豈止我們那兒；在舊世界裏，什麼地方，什麼時候，不是這樣？請想想《復活》的女主角吧，想想《大衛‧高柏菲爾》裏面的小愛米雷吧！想想《金瓶梅》裏面的春梅、宋蕙蓮、王六兒、賁四嫂、如意兒、李嬌兒、鄭愛月吧！想想《紅樓夢》裏香菱、平兒、尤二姐、多姑娘、襲人、柳五兒吧！想想《海上花》、《花月痕》吧，想想《日出》和《雷雨》吧！真是數不盡的千千萬，說不清的萬萬千；無論怎樣的美人兒只要出身寒微，結果都一樣：不是西門大官人之流的「房下」，就是外室，再不就變為妓女、女伶、交際花、舞女、女招待、女擦背、女嚮導，伺候大官人們。

武大郎的老婆被姦淫被佔去，是偶然的？

舊世界的強盜、痞棍、惡鬼們，什麼都要搶到手裏，權力、名位、高樓大廈、綺羅紋錦、珍饈美味、黃金、外鈔，一切一切，而最別緻的一種東西（是的，東西，這裏決沒有修辭上的毛病），便是美人──這似乎有點侮辱女性，但無法，事實如此！我願女性們也跟我們一道想想這怪事，在搶的過程中，少不了有些犧牲者，犧牲的樣式又名目繁多，武大郎不過是其中之一。

下

婚姻應該以愛情為基礎。沒有愛情的婚姻，哪怕只是片面沒有，也不應該存在。潘金蓮不愛武大郎，愛西門慶，除了從封建道德的立場看，她沒有錯。她的本意，不過通通姦，調劑調劑生活的枯窘，後來因為武松的巨影威脅她，這才一不做，二不休，置武大郎於死地；終於自己也被殺掉。我們也許應該同情武大郎；但從舊世界的婦女生活的無邊黑暗這一點看來，潘金蓮是不是也值得寄與若干同情呢？

問題不在這裏！問題在：你所說的應作為婚姻的基礎的愛情，究竟是一種什麼東西？愛情，不錯，應該有它的崇高，聖潔，使人勇敢，使人趨向戰鬥的一面；但同時也有卑賤，醜惡，甚至渴血的一面。我們雖然不讚美用自己的血灌溉愛情的人，但有時也無法吝惜一掬同情之淚；至於倚仗惡勢力，拿別人的血來培養自己的愛情，無論是什麼威脅着她，都是可恨可恥的，縱然是無知到像潘金蓮，也無法饒恕；除非由於戰鬥，在戰場上流了敵人的血。因此潘金蓮與人通姦，猶可恕也；像我們那裏的姑娘買了「脫頭」抱琵琶上別船去，猶可恕也。這自然也使人痛苦，但痛苦究竟不是直接的血；直接流人家的血，是又當別論的。

但問題還不在這裏。問題在：潘金蓮這種人的愛情，永遠無例外地向着西門慶，永遠無例外地不向着武大郎。當然，武大郎窮，社會地位又低，樣子又醜，人又老實，不會，也沒有功夫溫存老婆，有什麼可愛呢？至於西門大官人，那太不相同了，怎樣的一

表人才，怎樣的一身穿着，怎樣的一派談吐，怎樣的知情解趣呀！「潘驢鄧小閒」，儘管還有一些並非一望而知的，但只就可以一望而知的幾點說，也多麼足以使人一見傾心，相見恨晚，情甘意得，死心塌地呀！

高爾基著的《二十六個與一個》，寫二十六個起碼麵包師同時以一個少年女工為偶像，獻給她無上純潔的愛情。但那女工沒有把她的愛情施與給二十六個中的任何一個，雖然每晨都來接受他們的走私的麵包的供養——那麵包裏面有二十六顆心，她卻一點也不覺得。另外一個較為高級的麵包師，是一個流氓、大兵式的女性玩弄者，只把嘴向她一挑，她就縱身入抱了。

也許這還不夠明顯。莫泊桑的《莫南那公豬》，寫一個小販莫南在一次夜火車上邂逅了一位高貴的小姐，恰巧車廂裏只有他們兩個。那位小姐對莫南自然睬也沒有睬。莫南這不揣冒昧的癩蝦蟆卻在旁貪饞地望那小姐，愈望愈愛，愈愛愈望，竟自己也莫名其妙地跪在那小姐面前了，活像阿 Q 之於吳媽。以下怎樣呢？小姐大聲呼救，驚動了別的車廂裏的乘客和車上的警察，把小姐護送回家，莫南帶到局裏去問罪——他從此得到一個綽號：「公豬」，即專門傳種的那種「公豬」；用《金瓶梅》上的話說，就是「屬皮匠的——縫（逢）着就上」。消息傳出去之後，小姐也成了名人，常有新聞記者來拜訪，一個年輕紳士（即小說中的「我」）跟一個記者也來了。小姐和她的父親一同出來招待，父親陪記者，小姐陪紳士，都談的十分入港。天晚了，兩位遠客留在她家住宿（這人家是鄉下）；半夜，紳士去敲小姐的房門。「誰？」「我。」「做什麼？」「借本書看看。」門開開，紳士進去，她就獻出了她的「書」的任何一個

篇頁！這是什麼意思？這是說：愛情，那小姐的愛情，對於一個小販，隔着山，隔着海，隔着銅牆鐵壁；對於紳士，連空氣也不隔！

想想簡愛（《簡·愛》）吧，她知道她的主人愛她的時候，她是怎樣的衷心感激！想想賈瑞（《紅樓夢》）吧，王熙鳳對他是怎樣殘忍！想想宋蕙蓮（《金瓶梅》），一被西門慶寵幸，是如何志得意滿，趾高氣揚！想想春梅（同上），對她的音樂老師李銘——勾欄裏的王八，是如何「正色閒邪」，凜若冰霜！愛情，至少，在某些女性那裏，是長着一雙勢利眼的！不錯，潘金蓮也愛過武松，那只能比之於梁紅玉的愛韓世忠，識英雄於未遇時，料定或認為他將來會不錯；武松其實是現在也不錯，在碰到西門慶之前，他是無可比擬的。因之，仍舊含有勢利的成分。

婚姻應以「愛情為基礎」，這是一句好話。但在舊世界，在有着西門大官人和武大郎的分別，有着貧富貴賤的分別，你怕不怕嚇人的字眼，有着階級的分別的舊世界，愛情本身，這裏專就女性方面說，永遠長着勢利眼。蛟龍不是池中物，美人兒絕不是貧賤人的被窩蓋得住的，除非女性自己有了覺悟。

歷史上有一個女詞人朱淑貞，她的名句是「月上柳梢頭，人約黃昏後」，嫁給一個木匠了，我們同情她；《西青散記》上有一個才女雙卿，她的名句是「春容不是，秋容不是，只是雙卿」！嫁給一個農夫了，我們又同情她！為什麼呢？這樣的美人佳人，本應該嫁給達官貴人英雄名士，今竟為貧賤的工農所有，未免太委屈了！關於潘金蓮，歐陽予倩曾辯護於前，我在《論怕老婆》一文裏也說她遇人不淑。這些意見，也許並非全無道理，但除了為既得利益階級服務以外，毫無其他作用！而且如果朱淑貞、雙卿、潘金蓮值得

同情，為什麼她們的丈夫，討了「人約黃昏後」的老婆的丈夫，尤其是慘死的武大郎，反而是不值得同情的？

親愛的喲，把你的觀念改變過來！

一九四八，九，廿九，香港

（選自《聶紺弩雜文集》，北京：三聯書店，1981 年）

女人的禁忌

周作人

　　小時候在家裏常見牆壁上貼有紅紙條，上面恭楷寫着一行字云，姜太公神位在此，百無禁忌。還有曆本，那時稱為時憲書的，在書面上也總有題字云，夜觀無忌，或者有人再加上一句，日看有喜，那不過是去湊成一個對子，別無什麼用意的。由此看來，可以知道中國的禁忌是多得很，雖然為什麼夜間看不得曆本，這個理由我至今還不明白。禁忌中間最重要的是關於死，人間最大的凶事，這意思極容易理解。對於死的畏怖避忌，大抵是人同此心，心同此理，種種風俗儀式雖盡多奇形怪狀，根本並無多少不同，若要列舉，固是更僕難盡，亦屬無此必要。我覺得比較有點特別的，是信奉神佛的老太婆們所奉行的暗房制度。凡是新近有人死亡的房間名為暗房，在滿一個月的期間內，吃素唸佛的老太太都是不肯進去的，進暗房有什麼不好，我未曾領教，推想起來大抵是觸了穢，不能走近神前去的緣故吧。期間定為一個月，唯理的說法是長短適中，但是宗教上的意義或者還是在於月之圓缺一周，除舊復新，也是自然的一個段落。又其區域完全以房間計算，最重要的是那條門檻，往往有老太太往喪家弔唁，站在房門口，把頭伸進去對人家說話，只要腳不跨進門檻裏就行了。這是就普通人家而言，可以如此劃分界限，若在公共地方，有如城隍廟，說不定會有乞丐倒斃於廊下，那時候是怎麼算法，可是不曾知道。平常通稱暗房，為得要說的清楚，這就該正名為白暗房，因為此外還有紅暗房在也。

紅暗房是什麼呢。這就是新近有過生產的產房，以及新婚的新房。因為性質是屬喜事方面的，故稱之曰紅，但其為暗房則與白的全是一樣，或者在老太婆們要看得更為嚴重亦未可知。這是儀式方面的事，在神話的亦即是神學的方面是怎麼說，有如何的根據呢。老太婆沒有什麼學問，雖是在唸經，唸的都是些《高王經》、《心經》之類，裏邊不曾講到這種問題，可是所聽的寶卷很多，寶卷即是傳，所以這根據乃是出於傳而非出於經的。最好的例是《劉香寶卷》，是那暗淡的中國女人佛教人生觀的教本，卷上記劉香女的老師真空尼的說法，具說女人在禮教以及宗教下所受一切痛苦，有云：

　　　　男女之別，竟差五百劫之分，男為七寶金身，女為五漏之體。嫁了丈夫，一世被他拘管，百般苦樂由他作主。既成夫婦，必有生育之苦，難免血水觸犯三光之罪。

其韻語部分中有這樣的幾行，說的頗為具體，如云：

　　　生男育女穢天地，血裙穢洗犯河神。

又云：

　　　生產時，血穢污，河邊洗淨，
　　　水煎茶，供佛神，罪孽非輕。
　　　對日光，曬血裙，罪見天神。
　　　三個月，血孩兒，穢觸神明。

老太婆們是沒有學問的，她們所依據的賢傳自然也就不大高明，所說的話未免淺薄，有點近於形而下的，未必真能說得出這些禁忌的

本意。原來總是有形而上意義的，簡單的說一句，可以稱為對於生殖機能之敬畏吧。我們借王右軍《蘭亭序》的話來感嘆一下，死生亦大矣。不但是死的問題，關於生的一切現象，想起來都有點神秘，至於生殖，雖然現代的學問給予我們許多說明，自單細胞生物起頭，由蚯蚓蛙雞狗以至人類，性知識可以明白了，不過說到底即以為自然如此，亦就仍不免含有神秘的意味。古代的人，生於現代而知識同於古代人的，即所謂野蠻各民族，各地的老太婆們及其徒眾，驚異自不必說，凡神秘的東西總是可尊而又可怕，上邊說敬畏便是這個意思。我們中國大概是宗教情緒比較的薄，所感覺的只是近理的對於神明的觸犯，這有如《舊約・創世紀》中所記，耶和華上帝對女人夏娃說，我必多多加增你懷胎的苦楚，你生產兒女必受苦楚，因為她聽了蛇的話偷吃蘋果，違犯了上帝的命令。這裏耶和華是人形化的神明，因了不高興而行罰，是人情所能懂的，並無什麼神秘的意思，如《利未記》所說便不相同了。第十二章記耶和華叫摩西曉喻以色列人云：

> 若有婦人懷孕生男孩，她就不潔淨七天，像在月經污穢的日子不潔淨一樣。婦人在產血不潔之中要家居三十三天，她潔淨的日子未滿，不可摸聖物，也不可進入聖所。她若生女孩，就不潔淨兩個七天，像污穢的時候一樣，要在產血不潔之中家居六十六天。

又第十五章云：

> 女人行經必污穢七天，凡摸她的必不潔淨到晚上。女人在污穢之中，凡她所躺的物件都為不潔淨，所坐的物件也都不

潔淨。凡摸她床的必不潔淨到晚上，並要洗衣服，用水洗澡。凡摸她所坐什麼物件的必不潔淨到晚上，並要洗衣服，用水洗澡。在女人的床上或在她坐的物上，若有別的物件，人一摸了，必不潔淨到晚上。

這裏可以注意的有兩點，其一是污穢的傳染性，其二是污穢的毒害之能動性。第一點大家都知道，無須解釋，第二點卻頗特別，如本章下文所云：

> 你們要這樣使以色列人與他們的污穢隔絕，免得他們玷污我的帳幕，就因自己的污穢死亡。

這裏明說他們污穢的人並不因為玷污耶和華的帳幕而被罰，乃將因了自己的污穢而滅亡，這污穢自具有其破壞力，但因什麼機緣而自然爆發起來。在現代人看來，這彷彿與電氣最相像，大家知道電力是偉大的一件東西，卻有極大危險性，須用種種方法和它隔絕才保得完全。生命力與電，這個比較來得恰好，此外要另找一個例子倒還不大容易。污穢自然有許多是由嫌惡而來的，但是關於生命力特別是關係女人的問題，都是屬敬畏的一面，所謂不淨實是指一種威力，一不小心就會得被壓倒，俗語云晦氣是也，這總是物理的，後來物質的意義增加上去，據我看來毫不重要。福慶居士所著《燕郊集》中有一篇小文，題曰〈性與不淨〉，記一故事云：

> 就有人講笑話。我家有一親戚，是一大官，他偶如廁，忽見有女先在，愕然是不必說，卻因此傳以為笑。笑笑也不要緊，他卻別有所恨。恨到有點出奇，其實並不。這是一種晦氣。蘇州人所謂勿識頭，要妨他將來福命的。

文章寫得很乾淨，可以當作好例，其他古今中外的資料雖尚不乏，只可且暫割愛矣。

　　寒齋有一冊西文書，是芬特萊醫生所著，名曰《分娩閒話》，這「閒話」二字係用南方通行的意思，未必有閒，只是講話而已。第二章題云〈禁制〉，內分行經，結婚，懷孕，分娩四項，繪圖列說的講得很有意義，想介紹一點出來，所以起手來寫這篇文章，不料說到這裏想要摘抄，又不知道怎麼選擇才好。各民族的奇異風俗原是不少，大概也是大同小異，上邊有希伯來人的幾條可以為例，也不必再來贅述，反正就是對於生殖之神秘表示敬畏之意而已。倒是在弗來若博士的《金枝》節本中，第六十章說及隔離不潔淨的婦女的用意，可供我們參考，節譯其大意於下。使她不至於於人有害，如用電學的術語，其方法即是絕緣。這種辦法其實也為她自己，同時也為別人的安全。因為假如她違背了規定的辦法，她就得受害，例如蘇嚕女子在月經初來時給日光照着，她將乾枯成為一副骷髏。總之那時女人似被看作具有一種強大的力，這力若不是限制在一定範圍之內，她會得毀滅她自己以及一切和她接觸的東西。為了一切有關的人物之安全，把這力拘束起來，這即是此類禁忌的目的。這個說法也可用以解釋對於神王與巫師的同類禁例。女人的所謂不潔淨與聖人的神聖，由原始民族想來，實質上並沒有什麼分別。這都不過是同一神秘的力之不同的表現，正如凡力一樣，在本身非善非惡，但只看如何應用，乃成為有益或有害爾。這樣看來，最初的意思是並無惡意的，雖然在受者不免感到困難，後來文化漸進，那些聖人們設法擺脫拘束，充分的保留舊有的神聖，去掉了不便不利的禁忌，但是婦女則無此幸運，一直被禁忌着下來，而時移世變，神秘既視為不潔淨，敬畏也遂轉成嫌惡了。這是世界女性共

同的不幸，初不限於一地，中國只是其一分子而已。中國的情形本來比較別的民族都要好一點，因為宗教勢力比較薄弱，其對於女人的輕視大概從禮教出來，只以理論或經驗為本，和出於宗教信念者自有不同。例如《禮緯》云，夫為妻綱，此是理論而以男性主權為本，若在現代社會非夫婦共同勞作不能維持家庭生活，則理論漸難以實行。又《論語》云，唯女子小人為難養也，近之則不遜，遠之則怨，此以經驗為本者也，如不遜與怨的情形不存在，此語自然作為無效，即或不然，此亦只是一種抱怨之詞，被說為難養於女子小人亦實無什麼大損害也。宗教上的污穢觀大抵受佛教影響為多，卻不甚徹底，又落下成為民間迷信，如無婦女自己為之支持，本來勢力自可漸衰，此則在於民間教育普及，知識提高，而一般青年男女之努力尤為重要。鄙人昔日曾為戲言，在清朝中國男子皆剃頭成為半邊和尚，女人裹兩腳為粽子形，他們固亦有戀愛，但如以此形象演出《西廂》《牡丹亭》，則觀者當忍俊不禁，其不轉化為喜劇的幾希。現在大家看美國式電影，走狐舞步，形式一新矣，或已適宜於戀愛劇上出現，若是請來到我們所說的陣地上來幫忙，恐預備未充足，尚未能勝任愉快耳。民國甲申年末，於北京東郭書塾。

（選自《立春以前》，上海：太平書局，1945 年）

女人

梁實秋

　　有人說女人喜歡說謊；假使女人所捏撰的故事都能抽取版稅，便很容易致富。這問題在什麼叫做說謊。若是運用小小的機智，打破眼前小小的窘僵，獲取精神上小小的勝利，因而犧牲一點點真理，這也可以算是說謊，那麼，女人確是比較的富於說謊的天才。有具體的例證。你沒有陪過女人買東西嗎？尤其是買衣料，她從不乾乾脆脆的說要做什麼衣，要買什麼料，準備出多少錢。她必定要東挑西揀，翻天覆地，同時口中唸唸有詞，不是嫌這匹料子太薄，就是怪那匹料子花樣太舊，這個不禁洗，那個不禁曬，這個縮頭大，那個門面窄，批評得人家一文不值。其實，滿不是這麼一回事，她只是嫌價碼太貴而已！如果價錢便宜，其他的缺點全都不成問題，而且本來不要買的也要購儲起來。一個女人若是因為炭貴而不升炭盆，她必定對人解釋說：「冬天升炭盆最不衛生，到春天容易喉嚨痛！」屋頂滲漏，塌下盆大的灰泥，在未修補之前，女人便會向人這樣解釋：「我預備在這地方裝安電燈。」自己上街買菜的女人，常常只承認散步和呼吸新鮮空氣是她上市的唯一理由。豔羨汽車的女人常常表示她最厭惡汽油的臭味。坐在中排看戲的女人常常說前排的頭等座位最不舒適。一個女人餽贈別人，必說：「實在買不到什麼好的⋯⋯」，其實這東西根本不是她買的，是別人送給她的。一個女人表示願意陪你去上街走走，其實是她順便要買東西。總之，女人總歡喜拐彎抹角的，放一個小小的煙幕，無傷

大雅，頗佔體面。這也是藝術，王爾德不是說過「藝術即是說謊」麼？這些例證還只是一些並無版權的謊話而已。

女人善變，多少總有些哈姆雷特式，拿不定主意；問題大者如離婚結婚，問題小者如換衣換鞋，都往往在心中經過一讀二讀三讀，決議之後再覆議，覆議之後再否決，女人決定一件事之後，還能隨時做一百八十度的大轉彎，做出那與決定完全相反的事，使人無法追隨。因為變得急速，所以容易給人以「脆弱」的印象。莎士比亞有一名句：「『脆弱』呀，你的名字叫做『女人！』」但這脆弱，並不永遠使女人吃虧。愈是柔韌的東西愈不易摧折。女人不僅在決斷上善變，即便是一個小小的別針位置也常變，午前在領扣上，午後就許移到了頭髮上。三張沙發，能擺出若干陣勢；幾根頭髮，能梳出無數花頭。講到服裝，其變化之多，常達到荒謬的程度。外國女人的帽子，可以是一根雞毛，可以是半隻鐵鍋，或是一個畚箕。中國女人的袍子，變化也就夠多，領子高的時候可以使她像一隻長頸鹿，袖子短的時候恨不得使兩腋生風，至於鈕扣盤花，滾邊鑲繡，則更加是變幻莫測。「上帝給她一張臉，她能另造一張出來。」「女人是水做的」，是活水，不是止水。

女人善哭。從一方面看，哭常是女人的武器，很少人能抵抗她這淚的洗禮。俗語說：「一哭二睡三上吊」，這一哭確實其勢難當。但從另一方面看，哭也常是女人的內心的「安全瓣」。女人的忍耐的力量是偉大的，她為了男人，為了小孩，能忍受難堪的委屈。女人對於自己的享受方面，總是屬「斯多亞派」的居多。男人不在家時，她能立刻變成為素食主義者，火爐裏能爬出老鼠，開電燈怕費電，再關上又怕費開關。平素既已極端刻苦，一旦精神上再受刺

激，便忍無可忍，一腔悲怨天然的化做一把把的鼻涕眼淚，從「安全瓣」中汩汩而出，騰出空虛的心房，再來接受更多的委屈。女人很少破口罵人（罵街便成潑婦，其實甚少），很少揎袖揮拳，但淚腺就比較發達。善哭的也就常常善笑，迷迷的笑，吃吃的笑，格格的笑，哈哈的笑，笑是常駐在女人臉上的，這笑臉常常成為最有效的護照。女人最像小孩，她能為了一個滑稽的姿態而笑得前仰後合，肚皮痛，淌眼淚，以至於翻筋斗！哀與樂都像是常川有備，一觸即發。

女人的嘴，大概是用在說話方面的時候多。女孩子從小就往往口齒伶俐，就是學外國語也容易琅琅上口，不像嘴裏含着一個大舌頭。等到長大之後，三五成群，說長道短，聲音脆，嗓門高，如蟬噪，如蛙鳴，真當得好幾部鼓吹！等到年事再長，萬一墮入「長舌」型，則東家長，西家短，飛短流長，搬弄多少是非，惹出無數口舌；萬一墮入「噴壺嘴」型，則瑣碎繁雜，絮聒嘮叨，一件事要說多少回，一句話要說多少遍，如噴壺下注，萬流齊發，當者披靡，不可向邇！一個人給他的妻子買一件皮大衣，朋友問他：「你是為使她舒適嗎？」那人回答說：「不是，為使她少說些話！」

女人膽小，看見一隻老鼠而當場昏厥，在外國不算是奇聞。中國女人膽小不至如此，但是一聲霹雷使得她拉緊兩個老媽子的手而仍戰慄不止，倒是確有其事。這並不是做作，並不是故意在男人面前做態，使他有機會挺起胸脯說：「不要怕，有我在！」她是真怕。在黑暗中或荒僻處，沒有人，她怕；萬一有人，她更怕！屠牛宰羊，固然不是女人的事，殺雞宰魚，也不是不費手腳。膽小的緣故，大概主要的是體力不濟。女人的體溫似乎較低一些，有許多女

人怕發胖而食無求飽，營養不足，再加上怕臃腫而衣裳單薄，到冬天瑟瑟打戰，襪薄如蟬翼，把小腿凍得作「漿米藕」色，兩隻腳放在被裏一夜也暖不過來，雙手捧熱水袋，從八月捧起，捧到明年五月，還不忍釋手。抵抗飢寒之不暇，焉能望其膽大。

女人的聰明，有許多不可及處，一根棉線，一下子就能穿入針孔，然後一下子就能在線的盡頭處打上一個結子，然後扯直了線在牙齒上砰砰兩聲，針尖在頭髮上擦抹兩下，便能開始解決許多在人生中並不算小的苦惱，例如縫上襯衣的扣子，補上襪子的破洞之類。至於幾根篾棍，一上一下的編出多少樣物事，更是令人叫絕。有學問的女人，創闢「沙龍」，對任何問題能繼續談論至半小時以上，不但不令人入睡，而且令人疑心她是內行。

（選自《雅舍小品》，台北：正中書局，1949 年）

男人

梁實秋

　　男人令人首先感到的印象是髒！當然，男人當中亦不乏刷洗乾淨潔身自好的，甚至還有油頭粉面衣裳楚楚的，但大體講來，男人消耗肥皂和水的數量要比較少些。某一男校，對於學生洗澡是強迫的，入浴簽名，每周計核，對於不曾入浴的初步懲罰是宣佈姓名，最後的斷然處置是定期強迫入浴；並派員監視，然而日久玩生，簽名簿中尚不無浮冒情事。有些男人，西裝褲儘管挺直，他的耳後脖根，土壤肥沃，常常宜於種麥！襪子手絹不知隨時洗滌，常常日積月累，到處塞藏，等到無可使用時，再從那一堆污垢存貨當中揀選比較乾淨的去應急。有些男人的手絹，拿出來硬像是土灰面制的百果糕，黑糊糊黏成一團，而且內容豐富。男人的一雙腳，多半好像是天然的具有泡菜霉乾菜再加糖蒜的味道，所謂「濯足萬里流」是有道理的，小小的一盆水確是無濟於事，然而多少男人卻連這一盆水都吝而不用，怕傷元氣。兩腳既然如此之髒，偏偏有些「逐臭之夫」喜於腳上藏垢納污之處往復挖掘，然後嗅其手指，引以為樂！多少男人洗臉都是專洗本部，邊疆一概不理，洗臉完畢，手背可以不濕，有的男人是在結婚後才開始刷牙。「捫蝨而談」的是男人。還有更甚於此者，曾有人當眾搔背，結果是從袖口裏面摔出一隻老鼠！除了不可挽救的髒相之處，男人的髒大概是由於懶。

對了！男人懶。他可以懶洋洋坐在旋椅上，五官四肢，連同他的腦筋（假如有），一概停止活動，像呆鳥一般；「不聞夫博弈者乎……」那段話是專對男人說的。他若是上街買東西，很少時候能令他的妻子滿意，他總是不肯多問幾家，怕跑腿，怕費話，怕講價錢。什麼事他都嫌麻煩，除了指使別人替他做的事之外，他像殘廢人一樣，對於什麼事都願坐享其成，而名之曰「室家之樂」。他提前養老，至少提前三二十年。

　　緊毗連着「懶」的是「饞」。男人大概有好胃口的居多。他的嘴，用在吃的方面的時候多，他吃飯時總要在菜碟裏發現至少一英寸見方半英寸厚的肉，才能算是沒有吃素。幾天不見肉，他就喊「嘴裏要淡出鳥兒來」！若真個三月不知肉味，怕不要淡出毒蛇猛獸來！有一個人半年沒有吃雞，看見了雞毛帚就流涎三尺。一餐盛饌之後，他的人生觀都能改變，對於什麼都樂觀起來。一個男人在吃一頓好飯的時候，他臉上的表情硬是在感謝上天待人不薄，他飯後銜着一根牙籤，紅光滿面，硬是覺得可以驕人。主中饋的是女人，修食譜的是男人。

　　男人多半自私。他的人生觀中有一基本認識，即宇宙一切均是為了他的舒適而安排下來的。除了在做事賺錢的時候不得不忍氣吞聲的向人奴膝婢顏外，他總是要做出一副老爺相。他的家便是他的國度，他在家裏稱王。他除了為賺錢而吃苦努力外，他是一個「伊比鳩派」，他要享受。他高興的時候，孩子可以騎在他的頸上，他引頸受騎，他可以像狗似的滿地爬；他不高興時，他看着誰都不順眼，在外面受了悶氣，回到家裏來加倍的發作。他不知道女人的苦處。女人對於他的殷勤委曲，在他看來，就如同犬守戶雞司晨一

樣的稀鬆平常，都是自然現象。他說他愛女人，其實他不是愛，是享受女人。他不問他給了別人多少，但是他要在別人身上盡量榨取。他覺得他對女人最大的恩惠，便是把賺來的錢全部或一部拿回家來，但是當他把一捲捲的鈔票從衣袋裏掏出來的時候，他的臉上的表情是驕傲的成分多，親愛的成分少，好像是在說：「看我！你行麼？我這樣待你，你多幸運！」他若是感覺到這家不復是他的樂園，他便有多樣的藉口不回到家裏來。他到處雲遊，他另闢樂園。他有聚餐會，他有酒會，他有橋會，他有書會、畫會、棋會，他有夜會，最不濟的還有個茶館。他的享樂的方法太多。假如輪迴之說不假，下世僥幸依然投胎為人，很少男人情願下世做女人的。他總覺得這一世生為男身，而享受未足，下一世要繼續努力。

「群居終日，言不及義」，原是人的通病，但是言談的內容，卻男女有別。女人談的往往是「我們家的小妹又病了！」「你們家每月開銷多少？」之類。男人的是另一套，普通的方式，男人的談話，最後不談到女人身上便不會散場。這一個題目對男人最有興味。如果有一個桃色案他們唯恐其和解得太快。他們好議論人家的陰私，好批評別人的妻子的性格相貌。「長舌男」是到處有的，不知為什麼這名詞尚不甚流行。

（選自《雅舍小品》，台北：正中書局，1949 年）

初戀

周作人

　　那時我十四歲，她大約是十三歲罷。我跟着祖父的妾宋姨太太寄寓在杭州的花牌樓，間壁住着一家姚姓，她便是那家的女兒。她本姓楊，住在清波門頭，大約因為行三，人家都稱她作三姑娘。姚家老夫婦沒有子女，便認她做乾女兒，一個月裏有二十多天住在他們家裏。宋姨太太和遠鄰的羊肉店石家的媳婦雖然很説得來，與姚宅的老婦卻感情很壞，彼此都不交口，但是三姑娘並不管這些事，仍舊推門進來遊嬉。她大抵先到樓上去，和宋姨太太搭訕一回，隨後走下樓來，站在我同僕人阮升公用的一張板桌旁邊，抱着名叫「三花」的一隻大貓，看我映寫陸潤庠的木刻的字帖。

　　我不曾和她談過一句話，也不曾仔細的看過她的面貌與姿態。大約我在那時已經很是近視，但是還有一層緣故，雖然非意識的對於她很是感到親近，一面卻似乎為她的光輝所掩，開不起眼來去端詳她了。在此刻回想起來，彷彿是一個尖面龐，烏眼睛，瘦小身材，而且有尖小的腳的少女，並沒有什麼殊勝的地方，但是在我的性的生活裏總是第一個人，使我於自己以外感到對於別人的愛着，引起我沒有明瞭的性之概念的，對於異性的戀慕的第一個人了。

　　我在那時候當然是「醜小鴨」，自己也是知道的，但是終不以此而減滅我的熱情。每逢她抱着貓來看我寫字，我便不自覺地振作起來，用了平常所無的努力去映寫，感着一種無所希求的迷矇的喜

樂。並不問她是否愛我，或者也還不知道自己是愛着她，總之對於
她的存在感到親近喜悅，並且願為她有所盡力，這是當時實在的心
情，也是她所給我的賜物了。在她是怎樣不能知道，自己的情緒大
約只是淡淡的一種戀慕，始終沒有想到男女關係的問題。有一天晚
上，宋姨太太忽然又發表對於姚姓的憎恨，末了說道：

「阿三那小東西，也不是好貨，將來總要流落到拱辰橋去做婊
子的。」

我不很明白做婊子這些是什麼事情，但當時聽了心裏想道：

「她如果真是流落做了，我必定去救她出來。」

大半年的光陰這樣的消費過了。到了七八月裏因為母親生病，
我便離開杭州回家去了。一個月以後，阮升告假回去，順便到我家
裏，說起花牌樓的事情，說道：

「楊家的三姑娘患霍亂死了。」

我那時也很覺得不快，想像她的悲慘的死相，但同時卻又似乎
很是安靜，彷彿心裏有一塊大石頭已經放下了。

十一年九月

（選自《雨天的書》，長沙：岳麓書社，1987 年）

墓

何其芳

初秋的薄暮。翠岩的橫屏環擁出曠大的草地,有常綠的柏樹作天幕,曲曲的清溪流瀉着幽冷。以外是碎瓷上的圖案似的田畝,阡陌高下的毗連着,黃金的稻穗起伏着豐實的波浪,微風傳送出成熟的香味。黃昏如晚汐一樣淹沒了草蟲的鳴聲,野蜂的翅。快下山的夕陽如柔和的目光,如愛撫的手指從平疇伸過來,從林葉探進來,落在溪邊一個小墓碑上,摩着那白色的碑石,彷彿讀出上面鐫着的朱字:柳氏小女鈴鈴之墓。

這兒睡着的是一個美麗的靈魂。

這兒睡着的是一個農家的女孩,和她十六載靜靜的光陰,從那茅簷下過逝的,從那有泥蜂做窠的木窗裏過逝的,從俯嚼着地草的羊兒的角尖,和那濯過她的手,回應過她寂寞的搗衣聲的池塘裏過逝的。

她有黑的眼睛,黑的頭髮,和淺油黑的膚色。但她的臉頰,她的雙手有時是微紅的,在走了一段急路的時候,回憶起一個羞澀的夢的時候,或者三月的陽光滿滿的曬着她的時候。照過她的影子的溪水會告訴你。

她是一個有好心腸的姑娘,她會說極和氣的話,常常小心的把自己放在謙卑的地位。親過她的足的山草會告訴你,被她用死了的蜻蜓宴請過的小蟻會告訴你,她一切小小的侶伴都會告訴你。

是的，她有許多小小的侶伴，她長成一個高高的女郎了，不與它們生疏。

她對一朵剛開的花說：「給我講一個故事，一個快樂的。」對照進她的小窗的星星說：「給我講一個故事，一個悲哀的。」

當她清早起來到柳樹旁的井裏去提水，準備幫助她的母親作晨餐，徑間遇着她的侶伴都向她說：「晨安。」她也說：「晨安。」「告訴我們你昨夜做的夢。」她卻笑着說：「不告訴你。」

當農事忙的時候，她會給她的父親把飯送到田間去。

當蠶子初出卵的時候，她會採摘最嫩的桑葉放在籃兒裏帶回來，用布巾揩乾那上面的露水，而且用刀切成細細的條兒去餵它們。四眠過後，她會用指頭捉起一個個肥大的蠶，在光線裏透視，「它腹裏完全亮了」，然後放到成束的菜子杆上去。

她會同母親一塊兒去把屋後的麻莖割下，放在水裏浸着，然後用刀打出白色的麻來。她會把麻分成極纖微的絲，然後用指頭織成細紗，一圈圈的放滿竹筐。

她有一個小手紡車，還是她祖母留傳下來的。她常常紡着棉，聽那輪子唱着單調的歌，說着永遠雷同的故事。她不厭煩，只在心裏偷笑着：「真是一個老婆子。」

她是快樂的。她是在寂寞的快樂裏長大的。

她是期待什麼的。她有一個秘密的希冀，那希冀於她自己也是秘密的。她有做夢似的眼睛，常常迷漠的望着高高的天空，或是遼遠的，遼遠的山以外。

十六歲的春天的風吹着她的衣衫，她的髮，她想悄悄的流一會兒淚。銀色的月光照着，她想伸出手臂去擁抱它，向它說：「我是太快樂，太快樂。」但又無理由的流下淚。她有一點憂愁在眉尖，有一點傷感在心裏。

　　她用手緊握着每一個新鮮的早晨，而又放開手嘆一口氣讓每一個黃昏過去。

　　她小小的侶伴們都說她病了，只有它們稍稍關心她，知道她的。「你瞧，她常默默的。」「你說，什麼能使她歡喜？」它們互相耳語着，擔心她的健康，擔心她鬱鬱的眸子。

　　菜圃裏的江豆藤還是高高的緣上竹竿，南瓜還是肥碩的壓在籬腳下，古老的桂樹還是飄着金黃色的香氣，這秋天完全如以前的秋天。

　　鈴鈴卻瘦損了。

　　她期待的畢竟來了，那偉大的力，那黑暗的手遮到她眼前，冷的呼息透過她的心，那無聲的靈語吩咐她睡下安息。「不是你，我期待的不是你」，她心裏知道，但不說出。

　　快下山的夕陽如溫暖的紅色的唇，剛才吻過那小墓碑上「鈴鈴」二字的，又落到溪邊的柳樹下，樹下有白鮮的石上，石上坐着的年青人雪麟的衣衫上。他有和鈴鈴一樣鬱鬱的眼睛，迷漠的望着。在那眼睛裏展開了滿山黃葉的秋天，展開了金風拂着的一流秋水，展開了隨着羊鈴聲轉入深邃的牧女的夢。畢竟來了，鈴鈴期待的。

在花香與綠蔭織成的春夜裏，誰曾在夢裏摘取過紅熟的葡萄似的第一次蜜吻？誰曾夢過燕子化作年青的女郎來入夢，穿着燕翅色的衣衫？誰曾夢過一不相識的情侶來晤別，在她遠嫁的前夕？

　　一個個春三月的夢呵，都如一片片你偶爾摘下的花瓣，夾在你手攜的一冊詩集裏，你又偶爾在風雨之夕翻見，仍是盛開時的紅豔，仍帶着春天的香氣。

　　雪麟從外面的世界帶回來的就只一些夢，如一些飲空了的酒瓶，與他久別的鄉土是應該給他一瓶未開封的新釀了。

　　雪麟見了鈴鈴的小墓碑，讀了碑上的名字，如第一次相見就相悅的男女們，說了溫柔的「再會」才分別。

　　以後他的影子就躑躅在這兒的每一個黃昏裏。

　　他漸漸猜想着這女郎的身世，和她的性情，她的喜好，如我們初認識一個美麗的少女似的。他想到她是在寂寞的屋子裏過着晨夕，她最愛着什麼顏色的衣衫，而且當她微笑時臉間就現出酒渦，羞澀的低下頭去。他想到她在窗外種着一片地的指甲花，花開時就摘取幾朵來用那紅汁染她的小指甲，而這僅僅由於她小孩似的歡喜。

　　鈴鈴的侶伴們更會告訴他，當他猜想錯了或是遺漏了的時候。

　　「她會不會喜歡我？」他在溪邊散步時偷問那多嘴的流水。

　　「喜歡你。」他聽見輕聲的回語。

　　「她似乎沒有朋友？」他又偷問溪邊的野菊。

　　「是的，除了我們。」

於是有一個黃昏裏他就遇見了這女郎。

「我有沒有這樣的榮幸，和你說幾句話？」

他知道她羞澀的低垂的眼光是說着允許。

他們就並肩沿着小溪散步下去。他向她說他是多大的年齡就離開這兒，這兒是她的鄉土也是他的鄉土。向她說他到過許多地方，聽過許多地方的風雨。向她說江南與河水一樣平的堤岸，北國四季都是風吹着沙土。向她說駱駝的鈴聲，槐花的清芬，紅牆黃瓦的宮闕，最後說：

「我們的鄉土卻這樣美麗。」

「是的，這樣美麗。」他聽見輕聲的回語。

「完全是嶄新的發見。我不曾夢過這小小的地方有這多的寶藏，不盡的驚異，不盡的歡喜。我真有點兒驕傲這是我的鄉土。但要請求你很大的諒恕，我從前竟沒有認識你。」

他看見她羞澀的頭低下去。

他們散步到黃昏的深處，散步到夜的陰影裏。夜是怎樣一個荒唐的絮語的夢呵，但對這一雙初認識的男女還是謹慎的勸告他們別去。

他們伸出告別的手來，他們溫情的手約了明天的會晤。

有時，他們散步倦了，坐在石上休憩。

「給我講一個故事，要比黃昏講得更好。」

他就講着《小女人魚》的故事。講着那最年青，最美麗的人魚公主怎樣愛上那王子，怎樣忍受着痛苦，變成一個啞女到人世去。

當他講到王子和別的女子結婚的那夜，她竟如巫婦所預言的變成了浮沫，鈴鈴感動得伏到他懷裏。

有時，她望着他的眼睛問：

「你在外面愛沒有愛過誰？」

「愛過……」他俯下吻她，怕她因為這兩字生氣。

「說。」

「但沒有誰愛過我。我都只在心裏偷偷的愛着。」

「誰呢？」

「一個穿白衫的玉立亭亭的；一個秋天裏穿淺綠色的夾外衣的；一個在夏天的綠楊下穿紅杏色的單衫的。」

「是怎樣的女郎？」

「穿白衫的有你的身材；穿綠衫的有你的頭髮；穿紅杏衫的有你的眼睛。」說完了，又俯下吻她。

晚秋的薄暮。田畝裏的稻禾早已割下，枯黃的割莖在青天下說着荒涼。草蟲的鳴聲，野蜂的翅聲都已無聞，原野被寂寥籠罩着，夕陽如一枝殘忍的筆在溪邊描出雪麟的影子，孤獨的，瘦長的。他獨語着，微笑着。他憔悴了。但他做夢似的眼睛卻發出異樣的光，幸福的光，滿足的光，如從 Paradise 發出的。

一九三三年

（選自《何其芳文集》二卷，北京：人民文學出版，1982 年）

永樣的春愁
自傳之四

郁達夫

洋學堂裏的特殊科目之一，自然是伊利哇拉的英文。現在回想起來，雖不免有點覺得好笑，但在當時，雜在各年長的同學當中，和他們一樣地曲着背，聳着肩，搖擺着身體，用了讀《古文辭類纂》的腔調，高聲朗誦着皮衣啤，皮哀排的精神，卻真是一點兒含糊苟且之處都沒有的。初學會寫字母之後，大家所急於想一試的，是自己的名字的外國寫法；於是教英文的先生，在課餘之暇就又多了一門專為學生拼英文名字的工作。有幾位想走捷徑的同學，並且還去問過先生，外國百家姓和外國三字經有沒有買的？先生笑着回答説，外國百家姓和三字經，就只有你們在讀的那一本潑剌瑪的時候，同學們於失望之餘，反更是皮哀排，皮衣啤地叫得起勁。當然是不用説的，學英文還沒有到一個禮拜，幾本當教科書用的《十三經注疏》，《御批通鑑輯覽》的黃封面上，大家都各自用墨水筆題上了英文拼的歪斜的名字。又進一步，便是用了異樣的發音，操英文説着「你是一隻狗」，「我是你的父親」之類的話，大家互討便宜的混戰；而實際上，有幾位鄉下的同學，卻已經真的是兩三個小孩子的父親了。

因為一班之中，我的年齡算最小，所以自修室裏，當監課的先生走後，另外的同學們在密語着哄笑着的關於男女的問題，我簡

直一點兒也感不到興趣。從性知識發育落後的一點上說，我確不得不承認自己是一個最低能的人。又因自小就習於孤獨，困於家境的結果，怕羞的心，畏縮的性，更使我的膽量，變得異常的小。在課堂上，坐在我左邊的一位同學，年紀只比我大了一歲，他家裏有幾位相貌長得和他一樣美的姊妹，並且住得也和學堂很近很近。因此，在校裏，他就是被同學們苦纏得最厲害的一個；而禮拜天或假日，他的家裏，就成了同學們的聚集的地方。當課餘之暇，或放假期裏，他原也懇切地邀過我幾次，邀我上他家裏去玩去；但形穢之感，終於把我的嚮往之心壓住，曾有好幾次想決心跟了他上他家去，可是到了他們的門口，卻又同罪犯似的逃了。他以他的美貌，以他的財富和姊妹，不但在學堂裏博得了絕大的聲勢，就是在我們那小小的縣城裏，也贏得了一般的好譽。而尤其使我羨慕的，是他的那一種對同我們是同年輩的異性們的周旋才略，當時我們縣城裏的幾位相貌比較豔麗一點的女性，個個是和他要好的，但他也實在真膽大，真會取巧。

　　當時同我們是同年輩的女性，裝飾入時，態度豁達，為大家所稱道的，有三個。一個是一位在上海開店，富甲一邑的商人趙某的侄女；她住得和我最近。還有兩個，也是比較富有的中產人家的女兒，在交通不便的當時，已經各跟了她們家裏的親戚，到杭州上海等地方去跑跑了；她們倆，卻都是我那位同學的鄰居。這三個女性的門前，當傍晚的時候，或月明的中夜，老有一個一個的黑影在徘徊；這些黑影的當中，有不少是我們的同學。因為每到禮拜一的早晨，沒有上課之先，我老聽見有同學們在操場上笑說在一道，並且時時還高聲地用着英文作了隱語，如「我看見她了！」「我聽見她在讀書」之類。而無論在什麼地方於什麼時候的凡關於這一類的談

話的中心人物，總是課堂上坐在我的右邊，年齡只比我大一歲的那一位天之驕子。

趙家的那位少女，皮色實在細白不過，臉形是瓜子臉；更因為她家裏有了幾個錢，而又時常上上海她叔父那裏去走動的緣故，衣服式樣的新異，自然可以不必說，就是做衣服的材料之類，也都是當時未開通的我們所不曾見過的。她們家裏，只有一位寡母和一個年輕的女僕，而住的房子卻很大很大。門前是一排柳樹，柳樹下還雜種着些鮮花；對面的一帶紅牆，是學宮的泮水圍牆，泮池上的大樹，枝葉垂到了牆外，紅綠便映成着一色。當濃春將過，首夏初來的春三四月，腳踏着日光下石砌路上的樹影，手捉着撲面飛舞的楊花，到這一條路上去走走，就是沒有什麼另外的奢望，也很有點像夢裏的遊行，更何況樓頭窗裏，時常會有那一張少女的粉臉出來向你拋一眼兩眼的低眉斜視呢！

此外的兩個女性，相貌更是完整，衣飾也盡夠美麗，並且因為她倆的住址接近，出來總在一道，平時在家，也老在一處，所以膽子也大，認識的人也多。她們在二十餘年前的當時，已經是開放得很，有點像現代的自由女子了，因而上她們家裏去鬼混，或到她們門前去守望的青年，數目特別的多，種類也自然要雜。

我雖則膽量很小，性知識完全沒有，並且也有點過分的矜持，以為成日地和女孩子們混在一道，是讀書人的大恥，是沒出息的行為；但到底還是一個亞當的後裔，喉頭的蘋果，怎麼也吐它不出咽它不下，同北方厚雪地下的細草萌芽一樣，到得冬來，自然也難免得有些望春之意；老實說將出來，我偶爾在路上遇見她們中間的無論哪一個，或湊巧在她們門前走過一次的時候，心裏也着實有點兒難受。

住在我那同學鄰近的兩位，因為距離的關係，更因為她們的處世知識比我長進，人生經驗比我老成得多，和我那位同學當然是早已有過糾葛，就是和許多不是學生的青年男子，也各已有了種種的風說，對於我雖像是一種含有毒汁的妖豔的花，誘惑性或許格外的強烈，但明知我自己決不是她們的對手，平時不過於遇見的時候有點難以為情的樣子，此外倒也沒有什麼了不得的思慕，可是那一位趙家的少女，卻整整地惱亂了我兩年的童心。

　　我和她的住處比較得近，故而三日兩頭，總有着見面的機會。見面的時候，她或許是無心，只同對於其他的同年輩的男孩子打招呼一樣，對我微笑一下，點一點頭，但在我卻感得同犯了大罪被人發覺了的樣子，和她見面一次，馬上要變得頭昏耳熱，胸腔裏的一顆心突突地總有半個鐘頭好跳。因此，我上學去或下課回來，以及平時在家或出外去的時候，總無時無刻不在留心，想避去和她的相見。但遇到了她，等她走過去後，或用功用得很疲乏把眼睛從書本子舉起的一瞬間，心裏又老在盼望，盼望着她再來一次，再上我的眼面前來立着對我微笑一回。

　　有時候從家中進出的人的口裏傳來，聽說「她和她母親又上上海去了，不知要什麼時候回來？」我心裏會同時感到一種像釋重負又像失去了什麼似的憂慮，生怕她從此一去，將永久地不回來了。

　　同芭蕉葉似地重重包裹着的我這一顆無邪的心，不知在什麼地方，透露了消息，終於被課堂上坐在我左邊的那位同學看穿了。一個禮拜六的下午，落課之後，他輕輕地拉着了我的手對我說：「今天下午，趙家的那個小丫頭，要上倩兒家去，你願不願意和我同去一道玩兒？」這裏所說的倩兒，就是那兩位他鄰居的女孩子之中

的一個的名字。我聽了他的這一句密語，立時就漲紅了臉，喘急了氣，囁嚅着說不出一句話來回答他，盡在拼命的搖頭，表示我不願意去，同時眼睛裏也水汪汪地想哭出來的樣子；而他卻似乎已經看破了我的隱衷，得着了我的同意似地用強力把我拖出了校門。

到了倩兒她們的門口，當然又是一番爭執，但經他大聲的一喊，門裏的三個女孩，卻同時笑着跑出來了；已經到了她們的面前，我也沒有什麼別的辦法了，自然只好俯着首，紅着臉，同被綁赴刑場的死刑囚似地跟她們到了室內。經我那位同學帶了滑稽的聲調將如何把我拖來的情節說了一遍之後，她們接着就是一陣大笑。我心裏有點氣起來了，以為她們和他在侮辱我，所以於羞愧之上，又加了一層怒意。但是奇怪得很，兩隻腳卻軟落來了，心裏雖在想一溜跑走，而腿神經終於不聽命令。跟她們再到客房裏去坐下，看他們四人捏起了骨牌，我連想跑的心思也早已忘掉，坐將在我那位同學的背後，眼睛雖則時時在注視着牌，但間或得着機會，也着實向她們的臉部偷看了許多次數。等她們的輸贏賭完，一餐東道的夜飯吃過，我也居然和她們伴熟，有說有笑了。臨走的時候，倩兒的母親還派了我一個差使，點上燈籠，要我把趙家的女孩送回家去。自從這一回後，我也居然入了我那同學的夥，不時上趙家和另外的兩女孩家去進出了；可是生來膽小，又加以畢業考試的將次到來，我的和她們的來往，終沒有像我那位同學似的繁密。

正當我十四歲的那一年春天（一九〇九，宣統元年己酉），是舊曆正月十三的晚上，學堂裏於白天給與我以畢業文憑及增生執照之後，就在大廳上擺起了五桌送別畢業生的酒宴。這一晚的月亮好得很，天氣也溫暖得像二三月的樣子。滿城的爆竹，是在慶祝新

年的上燈佳節，我於喝了幾杯酒後，心裏也感到了一種不能抑制的歡欣。出了校門，踏着月亮，我的雙腳，便自然而然地走向了趙家。她們的女僕陪她母親上街去買蠟燭水果等過元宵的物品去了，推門進去，我只見她一個人拖着了一條長長的辮子，坐在大廳上的桌子邊上洋燈底下練習寫字。聽見了我的腳步聲音，她頭也不朝轉來，只曼聲地問了一聲「是誰？」我故意屏着聲，提着腳，輕輕地走上了她的背後，一使勁一口就把她面前的那盞洋燈吹滅了。月光如潮水似地浸滿了這一座朝南的大廳，她於一聲高叫之後，馬上就把頭朝了轉來。我在月光裏看見了她那張大理石似的嫩臉，和黑水晶似的眼睛，覺得怎麼也熬忍不住了，順勢就伸出了兩隻手去，捏住了她的手臂。兩人的中間，她也不發一語，我也並無一言，她是扭轉了身坐着的，我是向她立着的。她只微笑着看看我看看月亮，我也只微笑着看看她看看中庭的空處，雖然此外的動作，輕薄的邪念，明顯的表示，一點兒也沒有，但不曉怎樣一股滿足，深沉，陶醉的感覺，竟同四周的月光一樣，包滿了我的全身。

兩人這樣的在月光裏沉默着相對，不知過了多久，終於她輕輕地開始說話了：「今晚上你在喝酒？」「是的，是在學堂裏喝的。」到這裏我才放開了兩手，向她邊上的一張椅子裏坐了下去。「明天你就要上杭州去考中學去麼？」停了一會，她又輕輕地問了一聲。「噯，是的，明朝坐快班船去。」兩人又沉默着，不知坐了幾多時候，忽聽見門外頭她母親和女僕說話的聲音漸漸兒的近了，她於是就忙着立起來擦洋火，點上了洋燈。

她母親進到了廳上，放下了買來的物品，先向我說了些道賀的話，我也告訴了她，明天將離開故鄉到杭州去；談不上半點鐘的閒

話，我就匆匆告辭出來了。在柳樹影裏披了月光走回家來，我一邊
回味着剛才在月光裏和她兩人相對時的沉醉似的恍惚，一邊在心的
底裏，忽兒又感到了一點極淡極淡，同水一樣的春愁。

一月五日

（原載《人間世》20 期，1935 年 1 月 20 日）

哀歌

何其芳

　　……像多霧地帶的女子的歌聲，她歌唱一個充滿了哀愁和愛情的古傳説，説着一位公主的不幸，被她父親禁閉在塔裏，因為有了愛情[1]。阿德荔茵或者色爾薇[2]。奧蕾麗亞或者蘿拉[3]。法蘭西女子的名字是柔弱而悦耳的，使人想起纖長的身段，纖長的手指。西班牙女子的名字呢，閃耀的，神秘的，有黑圈的大眼睛。我不能不對我們這古老的國家抱一種輕微的怨恨了，當我替這篇哀歌裏的姊妹選擇名字，思索又思索，終於讓她們成為三個無名的姊妹。並且，我為什麼看見了一片黑影，感到了一點寒冷呢？因為想起那些寂寞的童時嗎？

　　三十年前。二十年前。直到現在吧。鄉村的少女還是禁閉在閨閣裏，等待父母之命，媒妁之言。在歐羅巴，雖説有些時候少女也禁閉在修道院裏，到了某種年齡才回到家庭和社會來，和我們古老的風習仍然不同。現在，都市的少女對於愛情已有了一些新的模糊的觀念了。我們已看見了一些勇敢地走入不幸的叛逆者了。但我是更感動於那些無望地度着寂寞的光陰，沉默地，在憔悴的朱唇邊浮着微笑，屬過去時代的少女的。

---

1. 開頭這一句記得是一部法國小説中的話。沒有加引號，有借用的意思。
2. 這是隨便舉出的兩個法國女子的名字。
3. 這是隨便舉出的兩個西班牙女子的名字。

我們的祖母，我們的母親的少女時代已無從想像了，因為即使是想像，也要憑藉一點親切的記憶。我們的姊妹，正如我們，到了一個多變幻的歧途。最使我們懷想的是我們那些年輕的美麗的姑姑，和那消逝了的閨閣生活。呃，我們看見了蒼白的臉兒出現在小樓上，向遠山，向藍天和一片白雲開着的窗間，已很久了；又看見了纖長的，指甲上染着鳳仙花的紅汁的手指，在暮色中，緩緩地關了窗門，或是低頭坐在小凳上，迎着窗間的光線在刺繡，一個枕套，一幅門簾，厭倦地但又細心地趕着自己的嫁裝。嫁裝早已放滿幾隻箱子了。那些新箱子旁邊是一些舊箱子，放着她母親她祖母的嫁裝。在尺大的袖口上鑲着寬花邊是祖母時代的衣式。在緊袖口上鑲着細圓的緞邊是母親時代的衣式。都早已過時了。當她打開那些箱子，會發出快樂的但又流出眼淚的笑聲。停止了我們的想像吧。關於我那些姑姑我的記憶是非常簡單的。在最年長的姑姑與第二個姑姑間，我只記得前者比較纖長，多病，再也想不起她們面貌的分別了。至於快樂的或者流出眼淚的笑聲，我沒有聽見過。我倒是看見了她們家裏的花園了：清晰，一種朦朧的清晰。石台，瓦盆，各種花草，我不能說出它們的正確的名字。在那時，若把我獨自放在那些飄帶似的蘭葉，亂髮似的萬年青葉和棕櫚葉間，我會發出一種迷失在深林裏的叫喊。我倒是有點喜歡那花園裏的水池，和那鄉間少有的三層樓的亭閣。它曾引起我多少次的幻想，多少次幼小的心的激動，卻又不敢穿過那陰暗的走廊去攀登。我那些姑姑時常穿過那陰暗的走廊，跑上那曲折的樓梯去眺遠嗎？時常低頭憑在池邊的石欄上，望着水和水裏的藻草嗎？我沒有看見過。她們的家和我們的家同在一所古宅裏。作為分界的堂屋前的石階，長長的，和那天

井，和那會作回聲的高牆，都顯着一種威嚇，一種暗示。而我那比較纖長、多病的姑姑的死耗就由那長長的石階傳遞過來。

讓我們離開那高大的空漠的古宅吧。一座趨向衰老的宅舍，正如一個趨向衰老的人，是有一種怪僻的捉摸不定的性格的。我們已在一座新築的寨子上了。我們的家鄰着姑姑們的家。在寨尾，成天聽得見打石頭的聲音，工人的聲音。我們在修着碉樓，水池。依我祖父的意見，依他那些蟲蝕的木板書或者發黃的手抄書的意見，那個方向在那年是不可動工的，因為，依書上的話，犯了三煞。我祖父是一個博學者，知道許多奇異的知識，又堅信着。誰要懷疑那些古老的神秘的知識，去同他辯論吧。而他已在深夜，在焚香的案前誦着一種秘籍作禳解了。誦了許多夜了。使我們迷惑的是那禳解沒有效力，首先，一個石匠從岩尾跌下去了，隨後，連接地死去了我叔父家一個三歲的妹妹和我那第二個姑姑。

關於第三個姑姑我的記憶是比較悠長，但仍簡單的。低頭在小樓的窗前描着花樣；提着一大圈鑰匙在開箱子了，憂鬱的微笑伴着獨語；坐在燈光下陪老人們打紙葉子牌，一個呵欠。和我那些悠長又單調的童時一同禁閉在那寨子裏。高踞在岩上的石築的寨子，使人想像法蘭西或者意大利的古城堡，住着衰落的貴族和有金色頭髮或者栗色頭髮的少女，時常用顫抖的升上天空的歌聲，歌唱着一個古傳說，充滿了愛情和哀愁。遠遠地，教堂的高閣上飄出洪亮，深沉，彷彿從夢裏驚醒了的鐘聲，傳遞過來。但我們的城堡卻充滿着一種聲音上的荒涼。早上，正午，幾聲長長的雞啼。青色的簷影爬在城牆上，遲緩地，終於爬過去，落在岩下的田野中了。於是日暮。那是很準確的時計，使我知道應該在什麼時候跑下碉樓去開始

我的早課，或者午課，讀着那些古老的不好理解的書籍，如我們的父親我們的祖父的童時一樣。而我那第三個姑姑也許正坐在小樓的窗前，厭倦地但又細心地趕着自己的嫁妝吧。她早已許字了人家，依着父母之命，媒妁之言。

　　一切都會消逝的。一切都應了大衛王指環上的銘語。我們悲哀時那短語使我們快樂，我們快樂時它又使我們悲哀[4]。我們已在異鄉度過了一些悠長又單調的歲月了。我們已有了一些關於別的宅舍和少女的記憶了。憑在駛行着的汽船的欄杆上，江風吹着短髮，剛從鄉村逃出來的少女；或是帶着一些模糊的新的觀念，隨人飄過海外去了又回來的少女。從她們的眼睛，從她們微蹙的眉頭，我們猜出了什麼呢？想起了我們那些年輕的美麗的姑姑嗎？我們已離家三年，四年，五年了。在長長的旅途的勞頓後，我們回到鄉土去了。一個最晴朗的日子。我們十分驚異那些樹林，小溪，道路沒有變更。我們已走到家宅的門前。門發出衰老的呻吟。已走到小廳裏了。那些磨損的漆木椅還是排在條桌的兩側。桌上還是立着一個碎膽瓶。瓶裏還是什麼也沒有插。使我們十分迷惑：是闖入了時間的「過去」，還是那裏的一切存在於時間之外。最後，在母親的鬢髮上我們看見幾絲銀色了。從她激動的不連貫的絮語裏，知道有些老人已從纏綿的病痛歸於永息了，有些壯年人在一種不幸的遭遇中離開世間了。就在這種迷惑又感動的情景裏，我聽見了我那第三個姑姑的最後消息：嫁了，又死了。死了，又被忘記了。但當她的剪影在我們心頭浮現出來時，可不是如一位西班牙的散文家所說，我們

4.　以上三句記得好像是契訶夫的一篇小說中的話。這裏也是借用。

看見了一個花園，一座鄉村的樹林，和那些蒙着灰塵的小樹，和那掛在被冬天的烈風吹斜了的木柱上的燈⋯⋯

一九三五年一月十六日

（選自《何其芳文集》二卷，北京：人民文學出版社，1982 年）

嫁衣

陸蠡

想敍說一個農家少女的故事，說她在出嫁的時候有一兩百人抬的大小箱籠，被褥，瓷器，銀器，錫器，木器，連水車犁耙都有一份，招搖過市的長長的行列照紅了每一個女兒的眼睛，增重了每一個母親的心事。但是很少人知道這些箱籠的下落和這少女以後的消息。她快樂麼？抱着愛子麼？和藹的丈夫對她千依百順麼？我僅知道屬於一個少女的一隻箱籠的下落，而這故事又是不美的，我感到失望了。但是耳聞目見的確很少美麗的東西。讓這故事中的真實償補這損失吧。

假設她年已三十，離開華美出嫁的盛典有整整十個年頭了。為了某種的寂寞，在一個黃昏的夜晚，擎了一盞手照¹，上面燃着一段短燭，摸索上搖搖落落的扶梯，到被遺忘的空樓的一角。那兒有大的蛛網張在兩柱中間，白色的圓圓的壁錢²東一塊西一塊貼滿黝黑的牆壁，老鼠糞隨地散着，樓板上的灰塵積得盈寸。

為了某種寂寞，她來這古樓的一角，來打開她這久年放在這裏的木箱，這箱子上面蓋了一層紙，紙上滿是灰塵。揭開這層紙，漆

---

1. 手照，錫制的燭台，像一個小碟子，多了一個柄，閨房裏用的。
2. 壁錢，是一種蜘蛛，牠的卵囊白色圓扁，固着於壁上，並時常守護着。這裏所說的壁錢，就是指這卵囊了。形狀如洋錢，故名。

色還是十分鮮豔的呢。這原是新的木箱，有幸也有不幸，放上了這寂寞的小樓便不曾被開啟過，也不曾被搬動過。

箱子的木板已經褪縫，鉸鏤和銅鎖也鏽滿了青綠。箱口還斜角地貼着一對紅紙方，上面寫着雙喜字。這是陪嫁的衣箱，自從主人無心檢點舊日的衣裳，便被擯棄在冷落的樓閣與破舊的家具為伍了。

為了某種寂寞，她用一大串中的一個鑰匙打開這紅漆的木箱。這裏面滿是折得整整齊齊的嫁時妝。她的母親在她上轎的前夕，親手替她裝下大大小小粗粗細細的布匹和衣服，因為太滿了，還費了大勁壓下去，複用竹片子彈得緊緊地，然後闔上箱蓋。那晚母親把箱子裏的東西一件件地重複地唸給她聽，而她的眼睛沉重得要打瞌睡，無心聽了。現在這裏是原封不動的，為了紀念母親，不去翻動它吧，不，便是為了不使自己過分傷心，便不去翻動它吧。

在這箱子的上層，是白色的和藍色的苧布。那是織入了她的整個青春啊。她自從七歲便開始織苧。當她綰着總角髻隨着母親到園子裏去把一根根苧麻刈下來，跟着媽媽說「若要長，還我娘」，嘻嘻哈哈地把苧葉用竹鞭打下，堆掃到刈得光禿禿的苧根株上面，「把苧葉當作娘，豈不可笑，那地土才是它的娘啊，苧葉只是兒女罷了！」她確曾很聰明地這樣想過。當她望着母親披剝下苧的皮層，用一把半月形的刀把青綠脆硬的表皮刮去，剩下軟白柔韌的絲縧，母親的身旁堆了一大堆的麻骨，弟妹們便各人拈了一根，要母親替他們做成鑽子，真的用一根竹籤做鑽頭，便會做成一把很好的鑽子，堅實的地土便被鑽得蜂窠似的了。她呢，裝做大人氣派說：「我，大人了，我不玩這東西。」於是便拿來了一片瓦，一個兩端

留着節中間可以儲水的竹槽，注上水；把苧打成結，浸入水裏，又把它拿出來，分成細絞，放在瓦上一搓一搓，效着大人的模樣，這樣，她便真的學會了織苧了。

在知了唱個不停的夏天，搬了小凳到窄小的巷裏，風從漏斗口似的巷口吹進來，她在左邊放着一隻竹籃，右邊放了苧槽和剪，膝上放了瓦片，她織着織着便不知有炎夏的過了一個夏天，兩個夏天，七八個夏天⋯⋯ 等到母親說：「再織上幾兩，我替你做成苧布，寬的給你裁衣，窄的給你做蚊帳，全部給你做嫁妝，」她臉微赬了。

現在，鎖在這箱裏霉爛的是她織上了整個青春的苧布啊。

在冬時，她用棉筒紡成細細的紗，複把它穿進織帶子的繃機的細眼裏，用藍線作經，白線作緯，她是累寸盈尺的織起帶子來了。帶子有窄的，有寬的，有白的，有花紋的，也有字的。她沒有讀書，但能夠在帶上織字。「長命富貴，金玉滿堂」呀，「河南郡某某氏」呀，卍字呀，回文呀，還有她錦繡般的心思，都織在這帶上。

「媽媽，我織了許多帶子了。」她一次說。

「傻丫頭，等到出嫁後，還有工夫織帶子麼？孩子身上的一絲一縷，都得在娘身邊預備的。」

「將來的日子有帶般長才好呢。」

「不，你的前途是路般長。」

「媽媽的心是路般長。」

這母親的祝福不曾落在她的身上。她沒有孩子。展在她前面的希望是帶般的盤繞，帶般的迂迴，帶般的曲折。她徒然預備了這許多給孩子用的帶，要做母親的希望卻隨同這帶子霉腐於笥底了。

　　在這箱子的底層，還有各色繡花的衣被，枕衣，孩子的花兜，披襟，和各種大小的布方。她想到繡在這上面的多少春天的晨夕，繡在這上面的多少幸福的預期，她曾用可以浮在水面上的細針逢雙或逢單的數剔布綢的紋眼，把很細的絲線分成兩條四條，又用在水裏浸脹了的皂角肉把弄毛了的絲線擦得光滑，然後針疊針的縫上去。有時竟專心得忘了午餐或晚餐，讓母親跑來輕輕擰她的耳朵，方才把繡花綳用白絹包好，放入細緻的竹籃，一面要母親替她買這樣買那樣。

　　現在這些為了將來預備的刺繡隨同她的青春霉爛於笥底了。

　　幸福的船像是不平衡的一葉輕舟，莽撞的乘客剛踏上船檻便翻身了。她剛剛跨上未來的希望的邊緣，誰知竟是一隻經不起重載的小舟呢。第一，母親在她出嫁後不一年便病歿了。她原沒有父親。丈夫在婚後不久便出外一去不返，說是在外面積了錢，娶了漂亮的太太呢，她認不得字，也無從讀到他的什麼信。她為他等了一年，兩年，十年了，她的希望的種子落在磽瘠的岩石上，不會發芽；她的青春在出嫁時便被折入一對對的板箱，隨着悠長的日子而黴爛了。

　　這十載可怕的辛勞，奪去了她的健康。為要做賢慧的媳婦，來這家庭不久便換上日常的便服，和姒娌們共分井臼之勞。現在想來真是失悔。誰知自從那時後便永遠不容有休息呢。在嚴寒的冬月，她是汗流浹背的負起沉重無情的石杵；在幽靜的秋夜的月光中，為

節省些膏火，借月光獨自牽着餵豬的糧食。偶時想到她是成了一頭驢子，團團轉轉地牽着永遠不停的磨，她是發笑了。還有四月的麥場，五月的蠶忙，八月的稻，九月的烏桕，都是吸盡她肩上的血，消盡她頰邊的肉的。原是豐滿紅潤的姑娘啊，現在不加修飾的像一個吊死鬼。不過假如這樣勤勞能得到一句公平的體恤的話，假使不至無由的橫遭責罵，便這樣地生活下去吧。

「閒着便會把骨頭弄懶了啊！」這不公的誅聲。

「閒着便會放辟逾閒啊！」這無端的侮辱。

於是在臼和磨之外又添了礱。在豬圈中添了一條豬，為要增加她的工作。

在豬圈中又是添了一條豬，為要增加她的工作。

竟然養起母豬來了。那是可怕的饕餮！並且⋯⋯

「你把這母豬餵飽，趕這騷豬過去啊！」

她臉一紅。感到這可恥的譏刺，這無賴的毒意。她是第一次吐出惡的聲音，咒詛這不義的家庭快快滅亡吧。她開始哭了。

接着是可怕的病，那是除了出嫁了的妹妹是沒有人來她的床邊的。妹妹是窮的，來去都是空手，難怪這一家人看到她來誰也不站起招呼一聲。母親留下她們姐妹兄弟四人，兄弟們都各自成家，和她成了異姓，和她同枝連理的妹妹，命運是這樣不同。她是富，妹妹是窮，她是單身，妹妹是兒女多累，這奇異的命運啊！但是誰也沒有想到這富家媳是受這樣的折磨！當時父母百般的心計是為要換得這活人的凌遲麼？她嗚咽了。

假如生涯是短促的話，她已過了三分之二了。假如生涯是更短促的話，那，便在目前了，所以她掙了起來，踅上這搖搖落落的扶梯，來這空樓的一角，打開古綠的鎖，檢點嫁時的衣裳麼？箱裏有一套白麻紗的孝服，原是預備替長輩們戴孝的，現在戴的為了自己，豈不可憐！

伏在箱子的一角，眼淚潛潛地流下來。手照落在地上，不知不覺地延燒了拖垂着的衣襟，等到她覺得周身火熱才驚惶地呼喊時，一股毒煙冒進了她的口鼻，便昏厥過去。

家人聽見叫喊的聲音跑來，拿冷水潑在她的身上，因而便不救了。假如當時用氈子裹住她，或想法撕去她的外衣，那麼負傷的身至今還活着的吧。

後來據他們說是「因為她身上的不潔，冒犯了這樓居的狐仙，所以無端自焚的」。不久之前，我曾去看這荒誕無稽的古樓，樓門鎖着，貼上兩條交叉的紅紙條。這樓中鎖着我的第二房的堂姐的嫁衣。

（選自《陸蠡集》，杭州：浙江文藝出版社，1984 年）

紅豆

陸蠡

聽説我要結婚了，南方的朋友寄給我一顆紅豆。

當這小小的包裹寄到的時候，已是婚後的第三天。賓客們回去的回去，走的走，散的散，留下來的也懶得鬧，躺在椅子上喝茶嗑瓜子。

一切都恢復了往日的沖和。

新娘温嫻而知禮的，坐在房中沒有出來。

我收到這包裹，我急忙地把它拆開。裏面是一隻小木盒，木盒裏襯着絲絹，絲絹上放着一顆瑩晶可愛的紅豆。

「啊！別致！」我驚異地喊起來。

這是 K 君寄來的，和他好久不見面了。和這郵包一起的，還有他短短的信，説些是祝福的話。

我賞玩着這顆紅豆。這是很美麗的。全部都有可喜的紅色，長成很匀整細巧的心臟形，尖端微微偏左，不太尖，也不太圓。另一端有一條白的小眼睛。這是豆的胚珠在長大時連繫在豆莢上的所在。因為有了這標識，這豆才有異於紅的寶石或紅的瑪瑙，而成為蘊藏着生命的酵素的有機體了。

我把這顆豆遞給新娘。她正在卸去早晨穿的盛服，換上了淺藍色的外衫。

我告訴她這是一位遠地的朋友寄來的紅豆。這是祝我們快樂，祝我們如意，祝我們吉祥。

她相信我的話，但眼中不相信這顆豆為何有這許多的涵義。她在細細地反覆檢視着，潔白的手摩挲這小小的豆。

「這不像蠶豆，也不像扁豆，倒有幾分像枇杷核子。」

我憮然，這顆豆在她的手裏便失了許多身份。

於是，我又告訴她這是愛的象徵，幸福的象徵，詩裏面所歌詠的，書裏面所寫的，這是不易得的東西。

她沒有回答，顯然這對她是難懂，只乾澀地問：

「這吃得麼？」

「既然是豆，當然吃得。」我隨口回答。

晚上，我親自到廚房裏用喜筵留下來的最名貴的作料，將這顆紅豆製成一小碟羹湯，親自拿到新房中來。

新娘茫然不解我為何這樣殷勤。友愛的眼光落在我的臉上。嘴唇微微一撅。

我請她先喝一口這親制的羹湯。她飲了一匙，皺皺眉頭不說話。我拿過來嘗一嘗，這味辛而澀的，好像生吃的杏仁。

我想起一句古老的話，呵呵大笑地倒在床上。

（選自《陸蠡集》，杭州：浙江文藝出版社，1984 年）

删去的文字

孫犁

我在一九七七年一月間所寫的回憶侯、郭的文章，現在看起來簡直是空空如也，什麼尖銳突出的內容也沒有的。在有些人看來，是和他們的高大形象不相稱的。這當然歸罪於我的見薄識小。

就是這樣的文章，在我剛剛寫出以後，我也沒有決定就拿去發表的。先是給自己的孩子看了看，以為新生一代是會有先進的見解的，孩子說，沒寫出人家的政治方面的大事情。基於同樣原因，又請幾位青年同事看了，意見和我的孩子差不多，只是有一位讚嘆了一下紀郭文章中提到的名菜，這也很使我不能「神旺」。春節到了，老朋友們或拄拐，或相扶，哼唉不停地來看我了，我又拿出這些稿子給他們看，他們看過不加可否，大概深知我的敝帚自珍的習慣心理。

不甘寂寞。過了一些日子，終於大着膽子把稿子寄到北京一家雜誌社去了。過了很久，退了回來，信中說：關於他們，決定只發遺作，不發紀念文章。

我以為一定有「精神」，就把稿子放進抽屜裏去了。

有一天，本地一個大學的學報來要稿，我就拿出稿子請他們看看，他們說用。我說北京退回來的，不好發吧，沒有給他們。

等到我遇見了退稿雜誌的編輯，他說就是個紀念規格問題，我才通知那個學報拿去。

你看，這時已經是一九七七年的春天了，揪出「四人幫」已經很久，我的精神枷鎖還這樣沉重。

　　尚不止此。稿子每經人看過一次，表現不滿，我就把稿子再刪一下，這樣像砍樹一樣，誰知道我砍掉的是枝葉還是樹幹！

　　這樣就發生了一點誤會。學報的一位女編輯把稿子拿回去研究了一下，又拿回來了。領導上說，最好把紀侯文章中，提到的那位女的，少寫幾筆。她在傳達這個意見的時候，嘴角上不期而然地帶出了嘲笑。

　　她的意思是說：這是紀念死者的文章，是嚴肅的事，雖然你好寫女人，已成公論，也得看看場合呀！

　　她沒有這樣明說，自然是怕我臉紅。但我沒有臉紅，我慘然一笑。把她送走以後，我把那一段文字刪除淨盡，寄給《上海文藝》發表了。

　　在結集近作散文的時候，我把刪去的文字恢復了一些。但這一段沒有補進去。現在把有關全文抄錄，另成一章。

　　在我養病期間，侯關照機關裏的一位女同志，到車站接我，並送我到休養所。她看天氣涼，還多帶了一條乾淨的棉被。下車後，她抱着被子走了很遠的路。休息下來，我只是用書包裏的兩個小蘋果慰勞了她。在那幾年裏，我這樣麻煩她，大概有好幾次，對她非常感激。我對她說：我懇切地希望她能到天津玩玩，我要很好地招待她。她一直也沒有來。

　　她爽朗而熱情。她那沉穩的走路姿勢，她在沉思中，偶爾把頭一揚，濃密整齊的黑髮向旁邊一擺，秀麗的面孔，突然顯得嚴肅的神情，給人留下特殊深刻的印象。

是一九六六年秋季吧。形勢一天比一天緊張，我同中層以上幹部，已經被集中到一處大院裏去了。

這是一處很有名的大院，舊名張園，為清末張之洞部下張彪所建。宣統就是從這裏逃去東北，就位「滿洲國」「皇帝」的。孫中山先生從南方到北方來和北洋軍閥談判，也在這裏住過。大樓堂皇富麗，有一間房子，全用團龍黃緞裱過，是皇帝的臥室。

一天下午，管帶我們的那個小個子，通知我有「外調」。這是我第一次接待外調。我向傳達室走去，很遠就望見，有一位女同志靠在大門旁的牆壁上，也在觀望着我。我很快就認出是北京那位女同志。

我在她眼裏變成了什麼樣子，我沒有去想。她很削瘦，風塵僕僕，看見我走近，就轉身往傳達室走，那腳步已經很不像我們在公園的甬路上漫步時的樣子了。同她來的還有一位男同志。

傳達室裏間，放着很多車子，有一張破桌，我們對面坐下來。

她低着頭，打開筆記本，用一隻手托着臉，好像還怕我認出來。

他們調查的是侯。問我在和侯談話的時候，侯說過哪些反黨的話。我說，他沒有說過反黨的話，他為什麼要反黨呢？

不知是為什麼情緒所激動，我回答問題的時候，竟然慷慨激昂起來。在以後，我才體會到：如果不是她對我客氣，人家會立刻叫我站起來，甚至會進行武鬥。幾個月以後，我在郊區幹校，就遇到兩個穿軍服的非軍人，調查田的材料，因為我抄着手站着，不回答他們提出的問題，就把我的手抓破了，不得不到醫務室進行包紮。

現在，她只是默默地聽着，然後把本子一合，望望那個男的，輕聲對我說：

「那麼，你回去吧。」

當天下午，在樓房走道上，又遇到她一次，她大概是到專案組去，誰也沒有說話。

在天津，我和她就這樣見了一面，不能盡地主之誼。這可以說是近年來一件大憾事。她同別人一起來，能這樣寬恕地對待我，是使我難忘的，她大概還記得我的不健康吧。

在我處境非常困難的時候，每天那種非人的待遇，我常常想用死來逃避它。一天，我又接待一位外調的，是歌舞團的女演員。她只有十七八歲，不只面貌秀麗，而且聲音動聽。在一間小屋子裏，就只我們兩人，她對我很是和氣。她調查的是方。我和她談了很久，在她要走的時候，我竟戀戀不捨，禁不住問：

「你下午還來嗎？」

回答雖然使我失望，但我想，像這位女演員，她以後在藝術上，一定能有很高的造詣。因為在這種非常時期，她竟然能夠保持正常表情的面孔和一顆正常跳動的心，就證明她是一個非常不平凡的人物。

我也很懷念她。

或有人間：方彼數年間，林彪、「四人幫」倒行逆施，使夫婦生離，親子死別者，以千萬計。其所遭荼毒，與德高望重成正比例。你不從大處落筆，卻喋喋於男女邂逅，朋友私情之間，所見不太渺小了嗎？是的，林彪、「四人幫」傷天害理，事實今天自然已

經大明。但在那些年月，我失去自由，處於荊天棘地之中，轉身防有鬼伺，投足常遇蛇傷。晝夜苦思冥想：這是為了什麼？為什麼要這樣做呢？這合乎馬克思、恩格斯的階級鬥爭學說嗎？這是通向共產主義的正確途徑嗎？惶惑迷惘不得其解。深深有感於人與人關係的惡劣變化，所以，即使遇到一個歌舞演員的寬厚，也就像在沙漠跋涉中，遇到一處清泉，在惡夢纏繞時，聽到一聲雞唱。感激之情，就非同一般了。

一九七八年除夕

（選自《孫犁散文選》，北京：人民文學出版社，1984）

夫婦公約

蔡元培

　　一、《禮》《中庸》記曰：君子之道，造端夫婦，及其至也，察乎天地。《大學》記曰：欲治其國者，先齊其家。夫婦之倫，因齊家而起。齊者何？同心辦事者是也，是謂心交。若乃見美色而悅者，如小兒見彩畫而把玩之，文士見佳作而讚嘆之耳，是謂目交。心動而淫者，如飢者食，寒者衣耳，是謂體交。男子見美男，女子見美女，皆有目交也。兩男之相悅，如孌童。兩女之相悅，如粵東之十姊妹。皆有體交也。非限於男與女者也。然而，統計全球之例，目交之事，溥通也而無所禁。如握手、接吻之屬，皆目交所推也。而體交之事，限於男與女者何也？曰男子之欲，陽電也；女子之欲，陰電也。電理同則相驅，異則相吸。其相驅也，妨於其體也大矣；其相吸也，益於其體也厚矣。相吸之益，極之生子，而關乎保家，且與保國保種之事相關矣。然而，異電之相吸也，必有擇焉，何則？凡體者，皆合眾質點而成者也。一體有一體之性質，雖析之極微，而一點之性質與一體同，此人與物之公例也。是故其體有強弱之差者，其所發電力有多寡久暫之差；其神志有智愚之差者，其所發電以成器之性，亦有靈蠢之差，此理之必不可易者也。其電力既有多寡久暫之差矣，而使之吸，則必有所不勝吸焉而驅之，其受驅之害也同。其所以成器者有靈蠢之差矣，而強合之，則必有純駁之差。譬如熔兩金而成器，其一金也，其一鐵也，未嘗不

可範也，然而金者不易蝕，鐵者易蝕，鐵盡銹而金亦無以自立，即以其金鐵所佔多寡之差為其器，堅□之差矣。合松與樗而構屋，松者不易朽，樗者易朽，樗朽盡而松不能支，即以其松樗所佔多寡之差為其屋，久暫之差矣。是故男女質性不同者，其所生子亦與之為不同，及其所生子之生子也，又有不同矣。烏呼，此人之所以同種而漸趨於異者也。且也，駁性所生之子，其神志不完全矣，甚者，體魄亦不完全也。烏呼！體魄不完全，具耳目者皆知之；神志不完全，則我國所素不講，而孰知夫弱國弱種之胥由於此也乎！世間夫婦，體交而已耳。目交而愜者，固已不多得矣。烏呼！家道之所以仳離，人種之所以愚弱也。男子之宿娼也，女子之偷期也，皆以目交始，而亦間有心交者也。野合之子，所以智於家生者，此理也。烏呼，世間男女，不遇同心之人，慎勿濫為體交哉。此關雎之所以求之不得而展轉反側者也。

二、既知夫婦以同心辦事為重，則家之中，唯主臣之別而已。男子而勝總辦與，則女子之能任幫辦者嫁之可也；女子而能勝總辦與，則男之（子）可任幫辦者嫁之亦可也，如贅婿是也。然婦人有生產一事，易曠總辦之職，終以男主為正職。地球上國主，亦男主多而女主少。

三、既明主臣之職，則主之不能總辦而以壓制其臣為事者，當治以暴君之律；臣之不能幫辦而以容悅為事者，當治以佞臣之律。

四、傳曰：君擇臣，臣亦擇君。既明家有主臣之義，則夫婦之事，當由男女自擇，不得由父母以家產豐儉、門第高卑懸定。

五、持戟之士失伍，則去之；士師不能治士，則已之，為其不能稱職也。君有大過，反復之而不聽，則去，為其不能稱職也。既

明家有主臣之義，則無論男主、女主，臣而不稱職者，去之可也；主而不受諫者，自去可也。

六、國例，臣之見去與自去者，皆得仕於他國。則家臣之見去與自去者，皆得嫁於他家。

七、所謂同心辦事者，欲以保家也。保家之術，以保身為第一義，各保其身，而又互相保者也。

八、保身之術，第一禁纏足。

九、飲食亦保身之至要者也。當依衛生之理，不得徒取滋味而已。

十、衣服亦保身之具也。統地球核之，以滿洲服為最宜，宜仿之。髻用蘇式，履用西式。

十一、居處亦保身之要也，宜按衛生之理而構造之，且時時遊歷，以換風氣。

十二、保家之術，以生子為第二義。

十三、生子之事，第一交合得時。

十四、生子之事，第二慎胎教。

十五、子既生矣，當養之，一切依保身之理。

十六、養子而不教，不可也。教子之職，六歲以前，婦任之；六歲以後，夫任之。

十七、教子當因其所已知而進之於所未知，以開其思想之路。

十八、教子當令有專門之業，以養其身。

十九、教子不可用威喝扑責，以養其自立之氣。

二十、教子不可用誑話，以養其信。

二十一、教子當屏去一切星卜命運仙怪之譚，以正其趣。

二十二、保家之術，不可不謀生計。

二十三、有生計矣，不可不知綜核家用，量入為出。

二十四、保家之術，當洞明我國現情及我國與外國交涉之現情，國亡家不能獨存也。

二十五、保家之事，如此其繁也，則不可不惜時。男子之征逐也，女子之妝飾也，凡費時而無益者，皆撙節之。

一九〇〇年三月

（選自《蔡元培全集》一卷，北京：中華書局，1984 年）

無謂的界線

葉聖陶

前幾天和幾位朋友喝酒。一位朋友新近完成他的戀愛，正在計劃同居的事。大概他周詢博訪已經好多回了，這一天問到我；他以為儀式總是要的，但是用怎樣的儀式，繁呢，簡呢，尊長本位呢，新人本位呢，那是應該考慮的。

我還沒有回答出來，另一位朋友先開口了。他已經是中年人，因為生活負擔和職業的緣故，頭髮變成了灰白色；近視眼幾乎到了極度，眼鏡的兩片凹玻璃就像兩個鼻煙盆。去年初冬，他為他兒子完了婚，大概他自以為對於結婚的事是熟悉的，禁不住這麼說：

「當然從新式。借旅館也行，借花園也行。能簡便最好，免得許多麻煩和浪費。可是回到家裏見尊長是一定要行禮的，非磕頭不可！去年我的小兒結婚，他們就是磕頭的。」

「為什麼？」我自言自語，又似乎問他。

「這是報答。」

「報答！」對於他那伸出手臂大呼「拿謝儀來」的態度我頗有點反感，我知道謝儀是只有饋贈沒有索取的。

「的確應該報答，尤其是我那個小兒。他在學校裏唸書，忽然病起來了，是嚴重的神經衰弱，這當然是用功過度引起的，我就接他回家養病。接連幾個月病不見好，妻悄悄地向我開口了：『你知

道他的病怎麼來的？』『他用功過度了。』『用功過度？一點兒也不相干。他不敢對你説，卻對我透露了，他不要定下了的親……』我明白了，那學校裏外國校長的幾個女兒常常跟學生們拍網球，那些同學又很有幾個結交女朋友的，這些事情影響到我的小兒了。

「我知道這是個重要的時機，錯過了這個時機，事情就要弄糟了。可是我決不能損傷父親的尊嚴，我仍然若無其事的樣子，只讓妻去暗示兒子，要他趕快結婚，一面向女家關説，動以利害，要他們答應在這時期把女兒送來。女兒送來了，一切侍奉的事都移交給他。兒子的病果然漸漸地好起來了。我就給他們結婚，小夫妻非常親密，一點沒有什麼──我是知道的，臨到這樣的時機，只有趕快把他們牽合在一起，牽合在一起就什麼事情都沒有了。」

他端起酒杯呷了一口酒，得意地説：「他們兩個不該給我磕個頭麼？不過我沒有坐下來受他們的頭，我和妻只站在椅子旁邊。這也是謙遜的意思。」

記得去年的《婦女雜誌》有過一回討論，「結婚是否必須有相當的儀式？」參加討論的幾位中間，似乎只有一位主張要儀式的。但是這一位沒有舉出「報答」來做他的理由，也沒有説儀式中間必須有「磕頭」一項。像我的那位中年朋友，雖然和我們在一家酒店裏促膝聚飲，雖然和我們有多年的友誼，絲毫沒有惡感，可是無形的繩索或是不可見的圍牆把他束縛或是圈禁在另一個世界裏。他的世界既然和我們的不同，那麼他要儀式，要磕頭的儀式，我們就不便譏笑他議論他了。我們能夠討論的，只有在我們的世界以內的事情。

在我們的世界以內，差不多沒有一個人不承認結婚必須有戀愛的。這句話的含意是：倘若沒有戀愛，就是鄭重其事大舉結婚的儀式也不相干。換句話，要是真的兩相戀愛，就是一點儀式沒有也不要緊。討論這個問題主張不要儀式的人，據我看來，不外乎把這一點意思敷陳開來，說得比較充暢而已。我也只能這樣想，免得雷同，所以不再敷陳了。

　　我在這裏這樣問：「結婚是什麼？」

　　手誰都要笑我的這個提問，鄙夷不屑地回答：「這還用問，結婚不就是男女兩個共同生活麼？」

　　不錯，男女兩個共同生活，我早就知道了。但是請問，共同生活是結了婚才開始的麼？男女兩個由初次見面到發生感情，到愛好，到熱戀，這中間互訴愛慕不知多少回，互傾心曲不知多少回，互幫互助做成大事或者小事不知多少回，相伴相攜遊山玩水吃東西看電影等等又不知多少回。在這樣的時候，兩顆心交融了，不感到彼此的差別，只覺得必須這樣的合在一起才是完美的整體。要是說這不是共同生活，不但我不承認 這男女兩個首先要表示反對了。那麼，結婚就是男女兩個共同生活這句話未免有點不切實了。

　　我再在這裏問：「結婚之後還是互相戀愛麼？」

　　戀愛的火正燃燒着的男女們必然高聲回答：「還是互相戀愛，直到海枯石爛！」

　　這是的確的，假如結婚之後就此不戀愛，結婚真成戀愛的墳墓了。這就可見戀愛像一條無窮無盡而時刻有新意味新境界的通路。除非不走上這條路，一走上這條路就永遠前進，以戀愛始，也以戀

愛終。我們在地球儀上畫出經緯線，為的是便於指認。在無窮盡的戀愛的路程上，也給它畫上一條界線叫做「結婚」，這算什麼呢？

結婚這個詞兒既不足以包括男女兩個的共同生活，把它作為戀愛路程上的界線又用不着，那麼，到底含的什麼意思呢？老實說，就只表示男女兩個發生肉體關係。說他們今天結婚，就像說他們兩個將要發生肉體關係了；說這是結了婚的一對，就像說他們兩個已經發生過肉體關係了。依我愚見，發生肉體關係是極其平常的事，是戀愛路程中的一個境界，走走走走自然會走到那裏的。既是戀愛的一對，已經臨近這個境界，如果不違背衛生學的條教，對於這意外而又意內的事又有了適當的準備，那就無妨任其自然地跨進去，就像兩隻手相攜，兩個頭相偎一樣。其他的事如有沒有結婚之類，當然是不用問的了。要是在時間上畫一條界線，標明從此開始發生關係，這樣的不自然，這樣的看得特異，是嫖客跟娼妓的事，從前叫做「梳櫳」，現在窰子裏叫做「點大紅蠟燭」，決不是戀愛的一對的事。但是，結婚這個詞兒卻有和「梳櫳」之類同樣腐朽的氣味。

把發生肉體關係這件事看得特異，大概也是我們很遠很遠的祖先的「蠻性的遺留」。人類學者一定能明白地告訴我們，當時這族的女子搶了他族的男子，或者這族的男子劫了他族的女子，而至於發生肉體關係，那搶劫者對於被搶劫者就有「這是我的東西」的想頭。那是多麼不平常的事呀，所以在發生關係之前，或者在發生關係之後，要舉行一種儀式，歌呼跳叫，表示於眾。一是誇耀「這是我的東西」；二是警告他人「這是我的東西，你們不得染指」。其唯一的根據，就在發生肉體關係這件事上。那怎麼能不把這件事看得特異呢？

世界進化，本來是搶劫的已經進化到互相戀愛，本來是「我的東西」「你的東西」已經進化到「同心一體」。彼此都不是物品，就沒有所謂奪過來的光榮；真正是互相愛着，就沒有讓誰插進一個足趾來的危險；還有什麼值得誇耀必須警告的呢？從此可見嚷着結婚這個詞兒的，無非表示他自己不愛思索，只是盲目地保存着遠古殘餘的習性而已。

　　所以，是昂起頭挺起胸來的人，是願意過合理的生活的人，不但不要結婚的儀式（磕頭不要，三鞠躬不要，茶話會也不要），並且不要結婚這個詞兒。始於戀愛，終於戀愛。

　　不受傳統觀念的拘束，能自趨於合理的生活，這是真正的道德。至於沒有了結婚這個詞兒，沒有了什麼儀式，就會擾亂社會，給人們以壞影響，我實在想不出其所以然，所以我不相信。

　　本來想到此為止了，忽然記起傳聞的一位小姐的話。當人家談起某某男女兩個的時候，她「若將浼焉」地嗤之以鼻說，「喝，他們跟店家一樣，是先行交易的！」

　　這男女兩個曾否先行交易，我們無從查考，好在也不必查考。只是這位小姐不問別的，如相愛不相愛之類，偏偏注目於「交易」，已經夠別致了，而又深惡痛絕於那個「先」字，特地加上含有春秋筆法的一聲「喝」！尤其值得玩味。

　　原來這位小姐又是另外一個世界裏的人。在她的世界裏，相愛不相愛是廢話，男女的關係是「交易」。在正式開張以前而「交易」是不道德，正式開張之後呢，「交易」是唯一的天經地義。她認為這樣的世界最合適，所以她「待價而沽」，所以她譏貶「先行交易」。

在她的世界裏，正式開張的重要不言可知。我替他們想，不但結婚這個詞兒不可無，而且必須大磕其頭才行，因為頭磕得愈響愈見得鄭重，愈見得真個正式開張了。

（選自《葉聖陶散文甲集》，成都：四川人民出版社，1983 年）

給亡婦

朱自清

　　謙，日子真快，一眨眼你已經死了三個年頭了。這三年裏世事不知變化了多少回，但你未必注意這些個，我知道。你第一惦記的是你幾個孩子，第二便輪着我。孩子和我平分你的世界，你在日如此；你死後若還有知，想來還如此的。告訴你，我夏天回家來着：邁兒長得結實極了，比我高一個頭。閏兒父親說是最乖，可是沒有先前胖了。采芷和轉子都好。五兒全家誇她長得好看；卻在腿上生了濕瘡，整天坐在竹床上不能下來，看了怪可憐的。六兒，我怎麼說好，你明白，你臨終時也和母親談過，這孩子是只可以養着玩兒的，他左挨右挨，去年春天，到底沒有挨過去。這孩子生了幾個月，你的肺病就重起來了。我勸你少親近他，只監督着老媽子照管就行。你總是忍不住，一會兒提，一會兒抱的。可是你病中為他操的那一份兒心也夠瞧的。那一個夏天他病的時候多，你成天兒忙着，湯呀，藥呀，冷呀，暖呀，連覺也沒有好好兒睡過。那裏有一分一毫想着你自己。瞧着他硬朗點兒你就樂，乾枯的笑容在黃蠟般的臉上，我只有暗中嘆氣而已。

　　從來想不到做母親的要像你這樣。從邁兒起，你總是自己餵乳，一連四個都這樣。你起初不知道按鐘點兒餵，後來知道了，卻又弄不慣；孩子們每夜裏幾次將你哭醒了，特別是悶熱的夏季。我瞧你的覺老沒睡足。白天裏還得做菜，照料孩子，很少得空兒。你

的身子本來壞，四個孩子就累你七八年。到了第五個，你自己實在不成了，又沒乳，只好自己餵奶粉，另雇老媽子專管她。但孩子跟老媽子睡，你就沒有放過心；夜裏一聽見哭，就豎起耳朵聽，工夫一大就得過去看。十六年初，和你到北京來，將邁兒，轉子留在家裏；三年多還不能去接他們，可真把你惦記苦了。你並不常提，我卻明白。你後來說你的病就是惦記出來的；那個自然也有份兒，不過大半還是養育孩子累的。你的短短的十二年結婚生活，有十一年耗費在孩子們身上；而你一點不厭倦，有多少力量用多少，一直到自己毀滅為止。你對孩子一般兒愛，不問男的女的，大的小的。也不想到什麼「養兒防老，積穀防饑」，只拼命的愛去。你對於教育老實說有些外行，孩子們只要吃得好玩得好就成了。這也難怪你，你自己便是這樣長大的。況且孩子們原都還小，吃和玩本來也要緊的。你病重的時候最放不下的還是孩子。病的只剩皮包着骨頭了，總不信自己不會好；老說：「我死了，這一大群孩子可苦了。」後來說送你回家，你想着可以看見邁兒和轉子，也願意；你萬不想到會一走不返的。我送車的時候，你忍不住哭了，說：「還不知能不能再見？」可憐，你的心我知道，你滿想着好好兒帶着六個孩子回來見我的。謙，你那時一定這樣想，一定的。

除了孩子，你心裏只有我。不錯，那時你父親還在；可是你母親死了，他另有個女人，你老早就覺得隔了一層似的。出嫁後第一年你雖還一心一意依戀着他老人家，到第二年上我和孩子可就將你的心佔住，你再沒有多少工夫惦記他了。你還記得第一年我在北京，你在家裏。家裏來信說你待不住，常回娘家去。我動氣了，馬上寫信責備你。你教人寫了一封覆信，說家裏有事，不能不回去。

這是你第一次也可以說第末次的抗議，我從此就沒給你寫信。暑假時帶了一肚子主意回去，但見了面，看你一臉笑，也就拉倒了。打這時候起，你漸漸從你父親的懷裏跑到我這兒。你換了金鐲子幫助我的學費，叫我以後還你；但直到你死，我沒有還過。你在我家受了許多氣，又因為我家的緣故受你家裏的氣，你都忍着。這全為的是我，我知道。那回我從家鄉一個中學半途辭職出走。家裏人諷你也走。哪裏走！只得硬着頭皮往你家去。那時你家像個冰窖子，你們在窖裏足足住了三個月。好容易我才將你們領出來了，一同上外省去。小家庭這樣組織起來了。你雖不是什麼闊小姐，可也是自小嬌生慣養的，做起主婦來，什麼都得幹一兩手；你居然做下去了，而且高高興興地做下去了。菜照例滿是你做，可是吃的都是我們；你至多夾上兩三筷子就算了。你的菜做得不壞，有一位老在行大大地誇獎過你。你洗衣服也不錯，夏天我的綢大褂大概總是你親自動手。你在家老不樂意閒着；坐前幾個「月子」，老是四五天就起床，說是躺着家裏事沒條沒理的。其實你起來也還不是沒條理；咱們家那麼多孩子，哪兒來條理？在浙江住的時候，逃過兩回兵難，我都在北平。真虧你領着母親和一群孩子東藏西躲的；末一回還要走多少里路，翻一道大嶺。這兩回差不多只靠你一個人。你不但帶了母親和孩子們，還帶了我一箱箱的書；你知道我是最愛書的。在短短的十二年裏，你操的心比人家一輩子還多；謙，你那樣身子怎麼經得住！你將我的責任一股腦兒擔負了去，壓死了你；我如何對得起你！

你為我的撈什子書也費了不少神；第一回讓你父親的男傭人從家鄉捎到上海去。他說了幾句閒話，你氣得在你父親面前哭了。

第二回是帶着逃難，別人都說你傻子。你有你的想頭：「沒有書怎麼教書？況且他又愛這個玩意兒。」其實你沒有曉得，那些書丟了也並不可惜；不過教你怎麼曉得，我平常從來沒和你談過這些個！總而言之，你的心是可感謝的。這十二年裏你為我吃的苦真不少，可是沒有過幾天好日子。我們在一起住，算來也還不到五個年頭。無論日子怎麼壞，無論是離是合，你從來沒對我發過脾氣，連一句怨言也沒有。——別說怨我，就是怨命也沒有過。老實說，我的脾氣可不大好，遷怒的事兒有的是。那些時候你往往抽噎着流眼淚，從不回嘴，也不號啕。不過我也只信得過你一個人，有些話我只和你一個人說，因為世界上只你一個人真關心我，真同情我。你不但為我吃苦，更為我分苦；我之有我現在的精神，大半是你給我培養着的。這些年來我很少生病。但我最不耐煩生病，生了病就呻吟不絕，鬧那伺候病的人。你是領教過一回的，那回只一兩點鐘，可是也夠麻煩了。你常生病，卻總不開口，掙扎着起來；一來怕攪我，二來怕沒人做你那份兒事。我有一個壞脾氣，怕聽人生病，也是真的。後來你天天發燒，自己還以為南方帶來的瘧疾，一直瞞着我。明明躺着，聽見我的腳步，一骨碌就坐起來。我漸漸有些奇怪，讓大夫一瞧，你可糟了，你的一個肺已爛了一個大窟窿了！大夫勸你到西山去靜養，你丟不下孩子，又捨不得錢；勸你在家裏躺着，你也丟不下那份兒家務。愈看愈不行了，這才送你回去。明知凶多吉少，想不到只一個月工夫你就完了！本來盼望還見得着你，這一來可拉倒了。你也何嘗想到這個？父親告訴我，你回家獨住着一所小住宅，還嫌沒有客廳，怕我回去不便哪。

　　前年夏天回家，上你墳上去了。你睡在祖父母的下首，想來還不孤單的。只是當年祖父母的墳太小了，你正睡在壙底下。這叫

做「抗壙」，在生人看來是不安心的；等着想辦法哪。那時壙上壙下密密地長着青草，朝露浸濕了我的布鞋。你剛埋了半年多，只有壙下多出一塊土，別的全然看不出新墳的樣子。我和隱今夏回去，本想到你的墳上來；因為她病了沒來成。我們想告訴你，五個孩子都好，我們一定盡心教養他們，讓他們對得起死了的母親——你！謙，好好兒放心安睡吧，你。

一九三三年十月

（選自《朱自清全集》一卷，南京：江蘇教育出版社，1988年）

擇偶記

朱自清

　　自己是長子長孫，所以不到十一歲就説到媳婦來了。那時對於媳婦這件事簡直茫然，不知怎麼一來，就已經説上了。是曾祖母娘家人，在江蘇北部一個小縣份的鄉下住着。家裏人都在那裏住過很久，大概也帶着我；只是太笨了，記憶裏沒有留下一點影子。祖母常常躺在煙榻上講那邊的事，提着這個那個鄉下人的名字。起初一切都像只在那白騰騰的煙氣裏。日子久了，不知不覺熟悉起來了，親昵起來了。除了住的地方，當時覺得那叫做「花園莊」的鄉下實在是最有趣的地方了。因此聽説媳婦就定在那裏，倒也彷彿理所當然，毫無意見。每年那邊田上有人來，藍布短打扮，銜着旱煙管，帶好些大麥粉，白薯干兒之類。他們偶然也和家裏人提到那位小姐，大概比我大四歲，個兒高，小腳；但是那時我熱心的其實還是那些大麥粉和白薯干兒。

　　記得是十二歲上，那邊捎信來，説小姐癆病死了。家裏並沒有人嘆惜；大約他們看見她時她還小，年代一多，也就想不清是怎樣一個人了。父親其時在外省做官，母親頗為我親事着急，便託了常來做衣服的裁縫做媒。為的是裁縫走的人家多，而且可以看見太太小姐。主意並沒有錯，裁縫來説一家人家，有錢，兩位小姐，一位是姨太太生的；他給説的是正太太生的大小姐。他説那邊要相親。母親答應了，定下日子，由裁縫帶我上茶館。記得那是冬天，到日

子母親讓我穿上棗紅寧綢袍子，黑寧綢馬褂，戴上紅帽結兒的黑緞瓜皮小帽，又叮囑自己留心些。茶館裏遇見那位相親的先生，方面大耳，同我現在年紀差不多，布袍布馬褂，像是給誰穿着孝。這個人倒是慈祥的樣子，不住地打量我，也問了些唸什麼書一類的話。回來裁縫說人家看得很細：說我的「人中」長，不是短壽的樣子，又看我走路，怕腳上有毛病。總算讓人家看中了，該我們看人家了。母親派親信的老媽子去。老媽子的報告是，大小姐個兒比我大得多，坐下去滿滿一圈椅；二小姐倒苗苗條條的。母親說胖了不能生育，像親戚裏誰誰誰；教裁縫說二小姐。那邊似乎生了氣，不答應，事情就擱了。

母親在牌桌上遇見一位太太，她有個女兒，透着聰明伶俐。母親有了心，回家說那姑娘和我同年，跳來跳去的，還是個孩子。隔了些日子，便託人探探那邊口氣。那邊做的官似乎比父親的更小，那時正是光復的前年，還講究這些，所以他們樂意做這門親。事情已到九成九，忽然出了岔子。本家叔祖母用的一個寡婦老媽子熟悉這家子的事，不知怎麼教母親打聽着了。叫她來問，她的話遮遮掩掩的。到底問出來了，原來那小姑娘是抱來的，可是她一家很寵她，和親生的一樣。母親心冷了。過了兩年，聽說她已生了癆病，吸上鴉片煙了。母親說，幸虧當時沒有定下來。我已懂得一些事了，也這末想着。

光復那年，父親生傷寒病，請了許多醫生看。最後請着一位武先生，便是我後來的岳父。有一天，常去請醫生的聽差回來說，醫生家有位小姐。父親既然病着，母親自然更該擔心我的事。一聽這話，便追問下去。聽差原只順口談天，也說不出個所以然。母親

便在醫生來時，教人問他轎夫，那位小姐是不是他家的。轎夫說是的。母親便和父親商量，託舅舅問醫生的意思。那天我正在父親病榻旁，聽見他們的對話。舅舅問明了小姐還沒有人家，便說，像×翁這樣人家怎末樣？醫生說，很好呀。話到此為止，接着便是相親；還是母親那個親信的老媽子去。這回報告不壞，說就是腳大些。事情這樣定局，母親教轎夫回去說，讓小姐裹上點兒腳。妻嫁過來後，說相親的時候早躲開了，看見的是另一個人。至於轎夫捎的信兒，卻引起了一段小小風波。岳父對岳母說，早教你給她裹腳，你不信；瞧，人家怎末說來着！岳母說，偏偏不裹，看他家怎末樣！可是到底採取了折衷的辦法，直到妻嫁過來的時候。

一九三四年三月作

（選自《朱自清全集》一卷，南京：江蘇教育出版社，1988 年）

婆婆話

老舍

　　一位朋友從遠道而來看我，已七八年沒見面，談起來所以非常高興。一來二去，我問他有了幾個小孩？他連連搖頭，答以尚未有妻。他已三十五六，還作光棍兒，倒也有些意思；引起我的話來，大致如下：

　　我結婚也不算早，作新郎時已三十四歲了。為什麼不肯早些辦這椿事呢？最大的原因是自己掙錢不多，而負擔很大，所以不願再套上一份麻煩，作雙重的馬牛。人生本來是非馬即牛，不管是貴是賤，誰也逃不出衣食住行，與那油鹽醬醋。不過，牛馬之中也有些性子剛硬的，挨了一鞭，也敢回敬一個彆扭。合則留，不合則去，我不能在以勞力換金錢之外，還賠上狗事巴結人，由馬牛降作走狗。這麼一來，隨時有捲起鋪蓋滾蛋的可能，也就得有些準備，積極的是儲蓄倆錢，以備長期抵抗；消極的是即使挨餓，獨身一個總不致災情擴大。所以我不肯結婚。賣國賊很可以是慈父良夫，錯處是只盡了家庭中的責任，而忘了社會國家。我的不婚，愈想愈有理。

　　及至過了「三十而立」，雖有桌椅板凳亦不敢坐，時覺四顧茫然。第一個是老母親的勸告。雖然不明說：「為了養活我，你犧牲了自己，我是怎樣的難過！」可是再說硬話實在使老人難堪；只好告訴母親：不久即有好消息。君子一言，駟馬難追；一透口話，

就滿城風雨。朋友不論老少男女，立刻都覺得有作媒的資格，而且說得也確是近情近理；平日真沒想到他們能如此高明。最普遍而且最動聽的——不曉得他們都是從哪兒學來的這一套？——是：老光棍兒正如老姑娘，獨居慣了就慢慢養成絕戶脾氣——萬要不得的脾氣！一個人，他們說，總是活潑潑的，各盡所長，快活的忙一輩子。因不婚而弄得脾氣古怪，自己苦惱，大家不痛快，這是何苦？這個，的確足以打動一個卅多歲，對世事有些經驗的人！即使我不希望升官發財，我也不甘成為一個老彆扭鬼。

那麼經濟問題呢？我問他們。我以為這必能問住他們，因為他們必不會因為怕我成了老絕戶而願每月津貼我多少錢。哼，他們的話更多了。第一，兩個人的花銷不必比一個人多到哪裏去；第二，即使多花一些，可是苦樂相抵，也不算吃虧；第三，找位能掙些錢的女子，共同合作，也許從此就富裕起來；第四，就說她不能掙錢，而且多花一些，人生本來是經驗與努力，不能永遠消極的防備，而當努力前進。

說到這裏，他們不管我相信這些與否，馬上就給我介紹女友了。彷彿是我決不會去自己找到似的。可是，他們又有文章。戀愛本無須找人幫忙，他們曉得；不過，在戀愛期間，理智往往弱於感情；一旦造成了將錯就錯的局面，必會將恩作怨，糟糕到底。反之，經友人介紹，旁觀者清，即使未必準是半斤八兩，到底是過了磅的有個準數。多一番理智的考核，便少一些感情的瞎碰。雙方既都到了男大當娶，女大當聘之年，而且都願結婚，一經介紹，必定鄭重其事的為結婚而結婚，不是過過戀愛的癮。況且結婚就是結婚；所謂同居，所謂試婚，所謂解性慾問題，原來都是這一套。同

居而不婚，也得兩個吃飯，也得生兒養女；並不因為思想高明，而可以專接吻，不用吃飯！

我沒有辦法。你一言，我一語，說得我心中鬧得慌。似乎只有結婚才能心靜，別無辦法。於是我就結了婚。

到如今，結婚已有五年，有了一兒一女。把五年的經驗和婚前所聽到的理論相證，也倒怪有個味兒。

第一該說脾氣。不錯，朋友們說對了：有了家，脾氣確是柔和了一些。我必定得說，這是結婚的好處。打算平安的過活，必須採納對方的意見，陽綱或陰綱獨振全得出毛病；男女同居，根本須要民治精神，獨裁必引起革命；努力以此種革命並不足以升官發財，而打得頭破血出倒頗悲壯而洩氣。彼此非納着點氣兒不可，久而久之都感到精神的勝利，凡事可以和平解決，夫婦都可成聖矣。

這個，可並不能完全打倒我在婚前的主張：獨身氣壯，天不怕地不怕；結婚氣餒，該醜着的就得低頭。我的顧慮一點不算多此一舉。結了婚，脾氣確是柔和了，心氣可也跟着軟下來。為兩個人打算，絕不會像一個人吃飽天下太平那麼乾脆。於是該將就者便須將就，不便挺起胸來大吹浩然之氣，戀愛可以自由，結婚無自由。

朋友們說對了。我也並沒說錯。這個，請老兄自己去判斷，假如你想結婚的話。

第二該說經濟。現在，如果再有人對我說，倆人花錢不見得比一人多，我一定毫不遲疑的敬他一個嘴巴子。倆人是倆人，多數加S，錢也得隨着加S。是的，太太可以去掙錢，倆人比一個掙得多；可是花得也多呀。公園，電影場，絕不會有「太太免票」的辦法，

別的就不用說了。及至有了小孩，簡直地就不能再有什麼預算決算，小孩比皇帝還會花錢。太太的事不能再作，顧了掙錢就顧不了小孩，因掙錢而把小孩養壞，照樣的不上算；好，太太專看小孩，老爺專去掙錢，小孩專管花錢，不破產者鮮矣。

自然小孩會帶來許多歡樂，作了父母的夫妻特別的能彼此原諒，而小胖孩子又是那麼天真可愛，單單的伸出一個胖手指已足使人笑上半天。可是，小胖子可別生病；一生病，爸的表，娘的戒指，全得暫入當舖，而且晝夜吃不好，睡不安，不亞於國難當前。割割扁桃腺，得一百塊！幸虧正是扁桃腺，這要是整個圓桃，說不定就得上萬！以我自己說，我對兒女總算不肯溺愛，可是只就醫藥費一項來說，已經使我的肩背又彎了許多。有病難道不給治麼？小孩真是金子堆成的。這還沒提到將來的教育費——誰敢去想，閉着眼瞎混吧！

有人會說嘍，結婚之後頂好不要小孩呀。不用聽那一套。我看見不少了，夫妻因為沒有小孩而感情愈來愈壞，甚至去抱來個娃娃，暫時敷衍一下。有小孩才像家庭；不然，家庭便和旅館一樣。要有小孩，還是早些有的為是，一來，婦女歲數稍大，生產就更多危險；二來，早些有子女，雖然花費很多，可是多少能早些有個打算，即使計劃不能實現，究竟想有個準備；一想到將來，便想到子女，多少心中要思索一番，對於作事花錢就不能不小心。這樣，夫婦自自然然的會老成一些了。要按着老法子說呢，父母養活子女，趕到子女長大便倒過頭來養活父母。假如此法還能適用，那麼早有小孩，更為上算。假如父親在四十歲上才有了兒子，兒子到二十的時候，父親已經六十了；說不定，也許活不到六十的；即使兒子應用古法，想養活父親，而父親已入了棺材，哪能喝酒吃飯？

這個，朋友，假若你想結婚的話，又該去思索一番。娶妻須花錢，生兒養女須花錢，負擔日大，肩背日彎，好不傷心；同時，結婚有益，有子女也有樂趣，即使樂不抵苦，可是生命至少不顯着空虛。如何之處，統希鑒裁！

至於娶什麼樣的太太，問題太大，一言難盡。不過，我看出這麼點來：美不是一切。太太不是圖畫與雕刻，可以用審美的態度去鑒賞。人的美還有品德體格的成分在內。健壯比美更重要。一位愛生病的太太不大容易使家庭快樂可愛。學問也不是頂要緊的，因為有錢可以自己立個圖書館，何必一定等太太來豐富你的或任何人的學問？據我看，結婚是關係於人生的根本問題的；即使高調很受聽，可是我不能不本着良心說話，吃，喝，性慾，繁殖，在結婚問題中比什麼理想與學問也更要緊。我並不是說婦人應當只管洗衣作飯抱孩子，不應讀書作事。我是說，既來到婚姻問題上，既來到家庭快樂上，就乘早不必唱高調，說那些閒盤兒。這是實際問題，是解決生命的根源上的幾項問題，那麼，說真實的吧，不必弄一套之乎者也。一個美的擺設，正如一個有學問的擺設，都是很好的擺設，可是未見得是位好的太太。假若你是富家翁呢，那就隨便的弄什麼擺設也好。不幸，你只是個普通的人，那麼，一個會操持家務的太太實在是必要的。假如說吧，你娶了一位哲學博士，長得也挺美，可是一進廚房便覺噁心，夜裏和你討論康德的哲學，力主生育節制，即使有了小孩也不會抱着，你怎辦？聽我的話，要娶，就娶個能作賢妻良母的。儘管大家高喊打倒賢妻良母主義，你的快樂你知道。這並不完全是自私，因為一位不希望作賢妻良母的滿可不嫁而專為社會服務呀。假如一位反抗賢妻良母的而又偏偏去嫁人，嫁了人連自己的襪子都不會或不肯洗，那才是自私呢。不想結婚，

好，什麼主義也可以喊；既要結婚，須承認這是個實際問題，不必弄玄虛。夫妻怎不可以談學問呢；可是有了五個小孩，欠着五百元債，明天的房錢還沒指望，要能談學問才怪！兩個幫手，彼此幫忙，是上等婚姻。

有人根本不承認家庭為合理的組織，於是結婚也就成為可笑之舉。這，另有説法，不是咱們所要談的，咱們談的是結婚與組織家庭，那麼，這套婆婆話也許有一點點用，多少的備你參考吧。

四月五日成

（選自《中流》創刊號，1936 年 9 月 5 日）

夫婦之間
龍蟲並雕齋瑣語之五

王力

　　五倫之中，夫婦最早。若不先有夫婦，就不會有所謂父子兄弟。至於君臣，更是後起的事。也許有人說，應該是朋友最早，因為應該先是男女戀愛，然後結為夫婦。這話也有相當的理由。不過，依《舊約》裏說，亞當和夏娃是上帝所預定的夫婦，他們並沒有經過戀愛的階段。由此看來，仍該說是夫婦最早。至少，西洋人不會反對我這一種說法。

　　上帝對夏娃說：「你必戀慕你丈夫，你丈夫必管轄你。」這是夏娃聽信了蛇的話之後，上帝對女人的處分。這兩句話就是萬世夫婦的禍根，一切夫婦之間的妒忌和爭吵，都是由此而起。近來有人說結婚是愛情的墳墓，這話應該是對的，不信試看中國舊小說裏，才子和佳人經過了許多悲歡離合，著書的人無不津津樂道，一到了金榜題名，洞房花燭，那小說也就戛然而止，豈不是著者覺得再說下去也就味同嚼蠟了嗎？

　　為什麼結婚是愛情的墳墓呢？因為結婚之後愛情像啟封泄氣的酒，由醉人的濃味漸漸變為淡水的味兒；又因油鹽醬醋把兩人的心醃得五味俱全，並不像戀愛時代那樣全是甜味了。成了家，妻子便把丈夫當做馬牛：磨房主人對於他的馬，農夫對於他的牛，未嘗不知道愛護，然而這種愛護比之熱戀的時候卻是另一種心情！成了

家，丈夫便把妻子當做狗，既要她看家，又要她搖尾獻媚！對不住許多配偶，我這話一說，簡直把極莊嚴正經的「人倫」描寫得一錢不值。但是，莫忘了我所說的是「愛情的墳墓」；那些因結了婚而更升到了「愛情的天堂」的人，是犯不着為看了這一段話而生氣的。

古人說：「妻不如妾，妾不如妓，妓不如偷。」這話已經不合時代了。現在該說「婚不如姘」。某某高等民族最聰明，正經配偶之外往往另有外遇。正經配偶為的是油鹽醬醋，所以女人非有二十萬以上的財產就不容易嫁出去，男人若有巨萬的家財，白髮紅顏也不妨相安，外遇為的是醇酒，就非十分傾心的人不輕易以身相許了。據說感情好的夫妻也不妨有外遇，因為富於熱情的人，他的熱情必須有所寄託，然而熱情和感情是可以並行不悖的，凡為了夫或妻有外遇而反目的人簡直是觀念太舊，腦筋不清楚。天啊！若依這種說法，我想有許多「痴心女子」，在結婚之前唯恐她的心上人不熱情，結婚以後，卻又唯恐他太熱情了。

隨你說觀念太舊也好，腦筋不清楚也好，夫婦之間往往免不了吃醋。佔有慾是愛情的最高峰嗎？有人說不，一千個不。但是，我知道有人不許太太讓男理髮匠理髮，怕他的手親近她的紅顏和青絲；又有人不許太太出門，若偶一出門，回來他就用香煙烙她的臉，要摧毀她的顏色，讓別人不再愛她，以便永遠獨佔。

夫婦反目，也是難免的事情。但是，老爺撅嘴三秒鐘，太太揉一會兒眼睛，實在值不得記入起居注[1]。甚至老爺把太太打得遍體鱗傷，太太把老爺擰得周身青紫，有時候卻是增進感情的要素，而勸

---

1. 原指記載皇帝起居言行的書，這裏指一般起居言行錄。

解的人未必不是傻瓜。莫里哀在《無可奈何的醫生》裏，敍述斯加拿爾打了他的妻子，有一個街坊來勸解，那妻子就對那勸解者說：「我高興給他打，你管不着！」真的，打老婆，逼投河，催上吊的男子未必為妻所棄，也未必棄妻；揪丈夫的頭髮，咬丈夫的手腕的女人也未必預備琵琶別抱。[2] 倒反是有些相敬如賓的摩登夫婦，度了蜜月不久，突然設宴話別，攬臂去找律師，登離婚廣告，同時還相約常常通信，永不相忘。

　　從前常聽街坊勸被丈夫打了的妻子說：「丈夫丈夫，你該讓他一丈。」這格言並沒有很多的效力。在老爺的字典裏是「婦者伏也」，在太太的字典裏卻是「妻者齊也」。甚至於太太把自己看得比老爺高些。從前有一個笑話說，老爺提出「天地」，「乾坤」等等字眼，表示天比地高，乾比坤高；太太也提出「陰陽」，「雌雄」等等字眼，表示陰在陽上，雌在雄上。至於現代夫婦之間，更是太太們有一種優越感。其實，若要造成家庭幸福，最好是保持夫婦間的均勢，不要讓東風壓倒西風，也不要讓西風壓倒東風。否則我退一尺，他進十寸，高的愈高，高到三十三重天堂，為玉皇大帝蓋瓦，低的愈低，低到一十八層地獄，替閻羅老子挖煤，夫婦之間就永遠沒有和平了。

一九四三年八月一日《生活導報》三十六期

（選自《龍蟲並雕齋瑣語》，北京：中國社會科學出版社，1982 年）

2.　指女子改嫁。顧大典《青衫記・茶客娶興》有「又抱琵琶過別舟。」

結婚典禮

梁實秋

　　結婚這件事，只要成年的一男一女兩相情願就成，並不需要而且不可以有第三者的參加。但是民法第八百九十二條規定要有公開儀式，再加上社會的陋俗（大部分似「野蠻的遺留」），以及愛受洋罪者的參酌西法，遂形成了近年來通行於中上階級之所謂結婚典禮，又名「文明結婚」，猶戲中之有「文明新戲」。婚姻大事，不可潦草。單憑父母之命媒妁之言就把一對無辜男女捏合起來，這不叫做潦草；只因一時衝動而遂盲目的訂下偕老之約，這也不叫潦草；唯有不請親戚朋友街坊四鄰來胡吃亂叫，或不當眾提出結婚人來驗明正身，則謂之曰潦草，又名不隆重。假如人生本來像戲，結婚典禮便似「戲中戲」，愈隆重則越愈像。這齣戲訂期開演，先貼海報，風雨無阻，「撒網」斂錢，鼎惠不辭；屆時懸燈結彩，到處猩紅；在音樂方面則或用乞丐兼任的吹鼓手，或用賣仁丹遊街或綢緞店大減價的銅樂隊，或鋼琴或風琴或口琴；少不了的是與演員打成一片的廣大觀眾，內中包括該回家去養老的，該尋正當娛樂的，該受別種社會教育以及平時就該攝取營養的；……演員的服裝，或買或借或賃，常見的是藍袍馬褂及與環境全然不調和的一身西裝大禮服，高冠燕尾，還有那短得像一件斗篷而還特煩兩位小朋友牽着的那一襬子粉紅紗！那出戲的尾聲是，主人的腿子累得發麻，客人醉翻三五輩，門外的車夫一片叫囂。評劇家曰：「很熱鬧！」

這戲的開始照例是證婚人致詞。證婚人照例是新郎的上司，或新娘家中比較拿得出來最像樣的貴戚。他的身份等於「跳加官」，但他自己不知道，常常誤會他是在做主席，或是禮拜堂裏的牧師，因此他的職務成為善頌善禱，和那些在門口高叫「正念喜，抬頭觀，空中來了福祿壽三仙……」的叫化子是異曲而同工！他若是身通「國學」，詩云子曰的一來，那就不得了，在講易經陰陽乾坤的時候，牽紗的小朋友們就非坐在地上不可，而在人叢後面伸長頸子的那位客人，一定也會把其頸項慢慢縮回去了。我們應該容忍他，讓他畢其辭，甚而至於違着良心的報之以稀稀拉拉的掌聲。放心，他將得意不了幾次！

介紹人要兩個，彷彿從前的一男媒一女媒，其實是為站在證婚人身旁時一邊一個，較有對稱之美。介紹人宜於是面團團一團和氣，誰見了他都會被他撮合似的。所以常害胃病的，專吃平價米的都不該入選。許多榮任介紹人的常喜歡當眾宣佈他們只是名義上的介紹人，新郎新娘是早已就……好像是生恐將來打離婚官司時要受連累，所以特先自首似的。其實是他多慮。所謂介紹，是指介紹結婚，這是婚書上寫得明明白白的，並不曾要他介紹新郎新娘認識或戀愛，所以以前的因誤會而戀愛和以後的因失望而反目，其責任他原是不負的。從前俗語說，「新娘攙上床，媒人扔過牆」，現在的介紹人則毋須等待新娘上床便已解除職務了。

新郎新娘的「台步」是值得注意的，從這裏可以看出導演者的手法。新郎應該像是一隻木雞，由兩個儐相挾之而至，應該臉上微露苦相，好像做下什麼壞事現在敗露了要受裁判的樣子，這才和身份相稱。新娘走出來要像蝸牛，要像日移花影，只見她的位置移

動，而不見她行走，頭要垂下來，但又不可太垂，要表示出頭和頸子還是連着的，扶着兩個煞費苦心才尋到的不比自己美的儐相，隨着一派樂聲，在眾目睽睽之下，由大家盡量端詳。禮畢，新娘要準備迎接一陣「天雨粟」，也是屬雜糧的，也有帶乾果的，像冰雹似的沒頭沒臉的打過來。有在額角上被命中一顆核桃的，登時皮肉隆起如舍利子。如果有人掃攏來，無疑的可以熬一大鍋「臘八粥」。還有人拋擲彩色紙條。想把新娘做成一個繭子。客人對於新娘的種種行為，由品頭論足以至大鬧新房，其實在刑法上都可以構成誹謗、侮辱、傷害、侵入私宅和有傷風化等等罪名的，但是在隆重的結婚典禮裏，這些醜態是屬「撐場面」一類，應該容許！

曾有人把結婚比做「蝦蟆跳井」——可以得水，但是永世不得出來。現代人不把婚姻看得如此嚴重，法律也給現代人預先開了方便的後門或太平梯之類，所以典禮的隆重並不發生任何擔保的價值。沒有結過婚的人，把結婚後幻想成為神仙的樂境，因此便以結婚為得意事，甘願鋪張，唯恐人家不知，更恐人家不來，所以往往一面登報「一切從簡」，一面卻是傾家蕩產的「敬治喜筵」，以為誘餌。來觀婚禮的客人，除了真有友誼的外，是來簽到，出錢看戲，或真是雙肩承一喙的前來就食！

我們能否有一種簡便的、節儉的、合理的、愉快的結婚儀式呢？這件事需要未婚者來細想一下，已婚者就不必多費心了。

（選自《雅舍小品》，台北：正中書局，1949 年）

終身大事

蕭乾

宿命

　　男女結合歷來是神話的大好題材。讀過古羅馬神話，看過西歐古典繪畫的，大概都記得那個背上長了一對翅膀、手執弓箭的胖小子。他叫丘比特，乃維納斯的令郎。這位小愛神往往蒙着眼睛舉弓亂射。世間少男少女的心，只要經他那支箭射中，就天作良緣了。

　　幼年，在北京寺廟中間，我最感興味的是東岳廟——如今成了公安學校。一般廟宇大同小異：一進山門總是哼哈二將，四大金剛八大怪；再往裏走，大雄寶殿裏不是樂觀主義者大肚皮彌勒佛，就是滿面春風的觀世音。東岳廟可不然。它有十八獄，那實際上是陰曹地府的渣滓洞：有用尖刀血淋淋地割舌頭的，有上刀山下火海的，不過那些泥塑的酷刑都旨在警世。也許為了對照，東邊還有座九天宮，那座巨大木質建築非常奇妙。我時常噔噔噔地盤着木梯直上雲霄，飄飄然恍如成了仙。

　　但是最吸引我的還是西北角上一個小跨院，那裏供着一位月下老人。少男少女只要給他用紅頭繩一繫，就算佳偶天成了。因此，這個小跨院（性質有點像婚姻介紹所）裏的香火特別旺盛，不斷有作父母的帶着自己的兒子，一個個都穿着新縫的長袍馬褂，整整齊

齊，進了廟先在爐裏燒上一炷香，然後跪在蒲團上，每作完一個揖，就畢恭畢敬地朝月下老人磕一個頭。

跨院裏照例擁有一簇看熱鬧起哄的。當男青年在虔誠地朝拜禱告時，他們就大聲喊：「磕吧，磕響點兒，老頭兒賞你個美人兒！」也有惡作劇的，故意大煞風景地叫喊：「磕也白磕，反正你命裏注定得來個麻媳婦兒！」

正因為有這幫子人搗亂，幾乎就沒有見過女青年來跨院裏朝拜。有人說，她們來也趁大早或者傍晚，因為她們也需要月下老人的照顧。

於是，我心下就冒出個困惑不解的問題：為什麼非要男婚女嫁？有位長者捋了捋鬍子，用一首北京兒歌回答了我：

小小子兒，
坐門墩兒，
哭哭咧咧要媳婦兒。
要媳婦兒幹麼呀？
點燈說話兒，
吹燈作伴兒，
明兒早晨給你梳小辮兒。

那是我最早接觸的一份戀愛（或者說結婚）哲學。這種哲學不但以男性為中心，而且十足的實用主義。

實際

　　朋友講過一個只有在「文革」時期的中國才會發生的事：據說有位臭名昭着的偽滿大漢奸的外孫女，長得如花似玉，然而苦於身上背了個某某人的外孫女這麼個無形的沉重包袱。由於貌美，追逐她的大有人在。她決心要利用自己的外形這筆資本，甩掉那個使她成天坐立不安的包袱。在追逐者中間，她挑了一位有權有勢的大人物之子。她提的條件是：給我黨籍軍籍。她一切都如願以償了，只是婚後不久，她就發現自己原來嫁了個難以容忍的浪蕩子。她抱怨，她抗議，因為她的自尊心受到了創傷。終於鬧翻了。她提出離婚，對方說，離就離。軍黨二籍也立即隨着婚姻關係一道消失，她作了場不折不扣的黃粱夢。

　　另一個同樣屬「人生小諷刺」的真實故事：一位剛滿六旬的男人，有一次他的老伴兒患了重病。他琢磨：萬一老伴兒病故，自己成為鰥夫，晚年既孤寂又無人照顧，豈不苦矣哉！於是，他就託中人先為他物色一名候補夫人。恰巧有位待嫁的寡婦，覺得條件合適，就欣然允諾。不料患病的太太還未去世，那位未雨綢繆的男人卻因暴病先進了火化場。

　　有位英國文藝界的朋友，一個傍晚坐在壁爐前同我談起一椿傷心事。他是個戲劇家，曾愛過一位女演員，並且同居了。他對女演員是一往情深。一天，女演員在枕畔對他說：以我適宜演的角色為主角，你給我寫一齣戲，我給你五年幸福。這位戲劇家並沒接受這筆交易，他們分手了。

一九六六年八月，有位朋友像許多人一樣，由於忍受不住凌辱和虐待，自盡了。他的愛人咬着牙活了下來，「四人幫」倒台後，黨對知識分子的溫暖又回來了，其中包括解決牛郎織女問題。這時，一個調到甘肅邊遠地區的科技人員就託人同那位孀居的女同志搞對象。她生活很空虛，所以馬到成功。登完記，甘肅那位立刻就積極着手解決「兩地」問題。新婚燕爾，領導特別關心。於是，他真地調回來了。可是調京手續剛辦完，另外一種手續就開始了：他正式提出離婚。

　　男女結合確實有實際的一面，然而實際的性質各有不同。

　　當年比利時剛從納粹手中解放出來時，我就由倫敦趕去採訪。在布魯塞爾街頭，我遇到一位華僑——青田商人。他殷勤地要我去他家度復活節。那是我第一次體會到飄流在外的華僑生活多麼艱苦，也領略到中國人民卓越的生存本領。除了青田石頭，他們沒有任何資本；語言又不通，竟然徒步由浙江而山東……經過西伯利亞，來到了西歐。他們那幢小樓住了三戶青田人。從那位萍水相逢的主人的鄰舍那裏得知，他本來是個單身漢。一道從青田出來的另一對夫婦，男的前兩年死了。沒有二話，他就把大嫂接了過來，成為患難夫妻。

　　最近住醫院聽到一段美談：一位患癌症的婦女臨終前囑咐她丈夫說，兩個孩子還很小，我死之後，你可向這裏某某護士求婚。他馬上制止她，不許胡言亂語。不久，她離開人世，而且他也察覺由於自己不擅料理家務，孩子果然大吃苦頭。他記起已故妻子那段「胡言」，就冒昧地寫信向那位護士求婚。回信說：「您夫人在病榻上早已一再向我懇求過了，她又對我保證您是位好脾氣的丈夫。既承您不嫌棄，那麼我就答應了。」

變遷

多麼老的人都曾年輕過，這總是個顛撲不破的真理。在感情生活方面，我是吃盡苦頭才找到歸宿的。有些屬無妄之災，有些是咎由自取，因而還害過旁人吃苦頭。一個走過崎嶇道路的人，更有責任談談終身大事這個問題。

婚姻方式是社會變遷的一種重要標誌。我成年時，「父母之命，媒妁之言」已經不大靈了。比我大十歲的堂兄曾經歷了那包辦與自主的過渡階段，就是說，訂婚前還准許男的「相看」一眼。這種「相看」不能讓女的曉得，所以大都安排在「碰巧」的場合。堂兄就是在一個街角偷偷相看的。所以每逢他同堂嫂吵架，總聽他抱怨：「相你的那天刮大風，沙子迷了我的眼睛！」

我上初中時，男女可還不作興互通情款。有一回幾家中學聯合開運動會，我同班的一個孩子就乘機想同隔壁一家女校的某生攀談幾句。那姑娘先是不搭理，後來就問他姓甚名誰。他就像張生那樣一五一十地傾吐出來，還以為是一番豔遇哩！誰知那姑娘回去就告了狀，不幾天訓育主任就在朝會上當眾把他痛訓了一頓。另外一個更加冒失的同學，索性給個女生寫去一封表示愛慕的信。這位女生警惕性很高，沒敢拆開，就交郵差退了回去。不幸這封信落到男生的令尊之手。他拆開一看，以為這兩個根本沒有見過面的青年已經有了眉目，就跑到學校（有其子必有其父！）揚言要見見這位未來的兒媳。教會學校那時把這種事兒看得可嚴重咧，認為是罪孽深重，結果，那位姑娘白警惕了。修女把她喊進一間暗室，然後用蘸了肥皂的刷子在她喉嚨裏使勁捅了一陣，說是為她洗滌罪愆。這也真是在劫難逃！

二十年代末期，北京報紙的分欄廣告裏開始出現一種「徵婚啟事」。從一條廣告的細節（包括通信處），我們猜出是麻面的化學老師登的。於是，就有人出了個主意，冒充女性去應徵，信封是粉紅色的，信紙上還灑了些花露水。當時已近隆冬，信中要求他戴上夏日的白盔帽，手持拐杖，於某日某時在北海九龍壁前相會。那天我們幾個藏在小土坡上樹林裏，可開心了。麻老師足足等到日落西山，才頹然而去。

三十年代初期我進大學以後，婚姻開始真正自由起來，戀愛至上主義大為風行。據說個別青年讀完《少年維特之煩惱》還真地尋了短見。已故的一位著名史學家的令郎和我同班。他結交上一位姑娘，家裏不同意，但也不干涉。於是，有一天他就在來今雨軒擺了喜宴。本來程序上並沒有主婚儀式，可是恰巧老史學家那天去公園散步，走過時給新郎遠遠瞥見，就硬把他的老父拖來。記得這位臨時抓來的主婚人致詞時，開頭一句話是：「我本來是到公園散散心的……」

三十年代中期，結婚的方式五花八門起來。為了簡便，流行起「集體結婚」。還有更簡便的，那就是什麼手續也不辦的「同居」。

解放後，婚姻制度才開始制度化，既正式（必須登記）又簡便（大多買上兩斤雜拌糖分送一下）。而且男女雙方都有工資，經濟上各自獨立了，所以「娶」、「嫁」這兩個動詞在漢語裏有點用不上了。結了婚，女方姓名不更改，沒有什麼「娃」，也沒有什麼「婭」，誰也不隸屬於誰。男女之間這種貨真價實的平等，在世界上是罕見的。

然而，是不是在我們這裏，婚姻方式就已經十全十美，無可改善了呢？

標準

　　我這個人向來不替人作媒。幾年前我還住在一個門洞裏時，有一天闖進一名青年，手持一張類似履歷表的單子，要我幫他介紹對像。我一看，單子上除了姓名籍貫、年齡學歷之外，還有身高體重以及工資工種。說要個身量比他略矮的。緊接着他作了一個鄭重聲明：要全民制的，可不要集體制的，特別不要學徒工。他要對方也給他照樣開這麼個履歷表。然後考慮「成熟」再見面，因為他工作實在忙，不願意浪費時間。

　　我對這位具有科學工作方法的青年說，你那履歷表開的項目雖然不少，可至少還缺兩個無形的而又很重要的項目。他趕緊問我是什麼，我告訴他：性格和品質，而要把這兩項考慮成熟，可非得浪費點子時間不可。

　　我順手給他舉了個例子。我有個學化學的同學，他找到一位同課目、同籍貫、身高體重什麼的都中意的對象。見面後，雙方彬彬有禮；在戀愛過程中，自然是甜甜蜜蜜。婚後他才發現夫人原來是火爆性子。一天他回到家中共進午餐，飯是夫人做的。他坐下來嘗了口湯，咂了咂舌頭說：「今兒這湯鹹了點兒吧？」哎呀，轉眼那碗湯 喳就扣在他頭上了。

　　在男女感情上，「品質」首先指的應是真誠。一對打得火熱的情侶，只因為男方所預定的住房出了變故，女方立刻就變了卦，固

然可以說是缺乏真誠；便更嚴峻的考驗還在大風大浪中，而在「階級鬥爭天天講」的歲月裏，這種不測風雲是隨時可以光臨的。我的熟人中間，至少有四位女同志在丈夫遇到風浪時，立刻就丟下親生的娃娃，有的甚至還在繈褓中，離了婚，另外找了響噹噹的人物。「立場鮮明」是幌子，「自我保存」是實質，這裏不僅包含安危，也還包含榮辱得失。當然，那時下去勞動鍛煉倘若能像判徒刑那樣說個期限，不少婚姻還是可以保全下來的。

《暴風雨》一劇裏，普洛士皮羅就先讓那不勒斯王子弗丁南幹了一堆苦活兒，來考驗他的愛情是否真實；《威尼斯商人》中的女律師鮑細霞在勝訟之後，也用戒指考驗了一下丈夫。看來莎翁在男女結合這個問題上，也是很重視堅貞的。有句西諺說：「甲板上的愛情以下一個港口為終點。」這是告誡人們說，在特定的孤寂生活中產生的「感情」並不可靠。我在一條法國郵船上確實就看到一個前往魁北克舉行婚禮的新娘子，在航程中還玩弄着感情遊戲，我真替她那位新郎捏把汗。另一方面，美滿婚姻往往又是可遇而不可求的。拿着履歷表有意識地去尋找，不一定會逢上知己；偶然遇上的，倒也有可能情投意合。

三十年代我在一篇書評裏，曾不揣冒昧地為男女結合開過一個公式：

主觀的愛慕（感情的）百分之六十

客觀的適合（理智的）百分之四十

文中還有這麼一段：「沒有那不可言說的愛情，兩顆心根本無從親近。但若缺乏客觀的適合，親近後，愛情仍無從滋長。」接

着，我譏笑了西洋過去盛行過的求婚制。「在一個明媚的春天，男子咕咚跪了下去，死命哀求，直到那位本來心軟的女子點了頭。然後趁勢把一個含有預定意義的亮晃晃的戒指套在女子明文規定的手指上。討來的愛情可不比討來的殘湯剩飯可靠啊！因為愛情會飛——如果你管不住。」

基礎

蓋房子要先打地基。遇到地震，有的房子立刻倒塌，有的屹然不動，這就看地基堅固的程度了。

感情的基礎要比土建的地基來得複雜。王寶釧死守寒窰十八年，那基礎至少一半靠的是封建制度的閨範節烈。前些日子電視上演的《鐵坦尼克號輪船沉淪記》中，船沉之前當船長宣佈婦孺可以上救生艇時，一個女乘客擁抱着丈夫堅持跟他同歸於盡，我看了覺得其情可感，但未必很理智。一九五七年一位女同志被一名很不懂政策的領導叫去，說：「要把你丈夫劃為右派了。你離婚，就吸收你入黨；不離，也給你戴上。」那位可敬的女同志回答說：「入黨，我還不夠資格；該戴，就請便吧。」這個答覆我認為既表現了她的原則性，也表現了兩人感情的基礎。倘若有人出題要我畫畫人間最美麗的圖畫，這肯定應是其中的一幅。

一九三八年我曾在武昌珞珈山腳住過幾個月。有時被大學裏的朋友邀去吃飯。席間常遇到一位教授扶着他那雙目失明的夫人來赴宴。他輕輕替她搬正了椅子，扶她坐下，然後一箸箸地替她夾菜。當時也想，倘若我是個畫家，把那情景畫下來多美！近兩年住在天

壇，每晨必看到一位穿綠褲的中年人——可能是位復員軍人，推了
一部自己用木板釘成的輪椅，上面坐了一位下肢癱瘓的婦女。天壇
的花，根據品種分作幾個園子。他總是按季節把她推到月季、芍藥
或牡丹園裏；自己麻煩些，卻讓這位失去行動自由的老伴兒仍能享
受到鳥語花香的清福。近來在報端，時常讀到男女一方因工傷事故
面部灼傷或失去手足，而另一方堅守婚約的美談，我覺得感情的深
淺與無私的程度是成正比例的。這種可貴的感情只有在危急中才顯
示得出來。

　　「文革」期間，頗有幾對夫妻是雙雙自盡的。這跟大西洋沉船
時一道喪生者有相同的一面，但又不完全是一回事。那陣子我就
偷偷買過幾瓶敵敵畏，動過這種念頭；幸而我有的是一位堅強的愛
人。在那場浩劫中，她由於同戴紅箍的頂撞，受的罪要比我深重多
了，並且還嘗到了皮肉之苦。然而一個從不在乎營養的她，在牛棚
裏卻通過看守人向家裏索起多種維他命丸。一經發覺我那種怯懦的
企圖，她就斷然制止。第一，她反問我：「咱們沒有犯罪，憑什麼
死？」第二，她相信物極必反，惡者必不得好下場。她要我同她一
道看看歷史將會為歹徒做出怎樣的結論。

　　土建的地基靠鋼筋水泥，感情的基礎靠工作和患難共處。有人
説地下黨偽裝夫妻的同志不許真地發生感情，我不信。再也沒有比
在敵人刀光下並肩作戰的戰友更容易建立起感情的了！今天，倘若
一位青年發明家在工作中受到挫折，而一位女同志在鬥爭中，冒了
風險挺身出來支持他，鼓勵他，他們最終成為夫妻，我認為不但是
極其自然的，而且基礎必然是深厚的。這裏不存在什麼「甜蜜的折
磨」，而是信任尊重，對黨、對國家、對四化共同的忠誠。這樣的

愛情會給予生命以力量和意義。在這樣的基礎上建築起來的巨廈，
將經得起颱風、旋風、龍捲風以至里氏八級的地震。

一九八〇年十二月

（節錄自《蕭乾選集》三卷，成都：四川人民出版社，1984 年）

亡人逸事

孫犁

一

舊式婚姻，過去叫做「天作之合」，是非常偶然的。據亡妻言，她十九歲那年，夏季一個下雨天，她父親在臨街的梢門洞裏閒坐，從東面來了兩個婦女，是說媒為業的，被雨淋濕了衣服。她父親認識其中的一個，就讓她們到梢門下避避雨再走，隨便問道：

「給誰家說親去來？」

「東頭崔家。」

「給哪村說的？」

「東遼城。崔家的姑娘不大般配，恐怕成不了。」

「男方是怎麼個人家？」

媒人簡單介紹了一下，就笑着問：

「你家二姑娘怎樣？不願意尋吧？」

「怎麼不願意。你們就去給說說吧，我也打聽打聽。」她父親回答得很爽快。

就這樣，經過媒人來回跑了幾趟，親事竟然說成了。結婚以後，她跟我學認字，我們的洞房喜聯橫批，就是「天作之合」四個字。她點頭笑着說：

「真不假，什麼事都是天定的。假如不是下雨，我就到不了你家裏來！」

二

雖然是封建婚姻，第一次見面卻是在結婚之前。定婚後，她們村裏唱大戲，我正好放假在家裏。她們村有我的一個遠房姑姑，特意來叫我去看戲，説是可以相相媳婦。開戲的那天，我去了，姑姑在戲台下等我。她拉着我的手，走到一條長板凳跟前。板凳上，並排站着三個大姑娘，都穿得花枝招展，留着大辮子。姑姑叫着我的名字，説：

「你就在這裏看吧，散了戲，我來叫你家去吃飯。」

姑姑的話還沒有説完，我看見站在板凳中間的那個姑娘，用力盯了我一眼，從板凳上跳下來，走到照棚外面，鑽進了一輛轎車。那時姑娘們出來看戲，雖在本村，也是套車送到台下，然後再搬着帶來的板凳，到照棚下面看戲的。

結婚以後，姑姑總是拿這件事和她開玩笑，她也總是説姑姑會出壞道兒。

她禮教觀念很重。結婚已經好多年，有一次我路過她家，想叫她跟我一同回家去。她嚴肅地説：

「你明天叫車來接我吧，我才走。」我只好一個人走了。

三

她在娘家，因為是小閨女，嬌慣一些，從小只會做些針線活；沒有下場下地勞動過。到了我們家我母親好下地勞動，尤其好打早起，麥秋兩季，聽見雞叫，就叫起她來做飯。又沒個鐘錶，有時飯做熟了，天還不亮。她頗以為苦。回到娘家，曾向她父親哭訴。她父親問：

「婆婆叫你早起，她也起來嗎？」

「她比我起得更早。還說心痛我，讓我多睡了會兒哩！」

「那你還哭什麼呢？」

我母親知道她沒有力氣，常對她說：

「人的力氣是使出來的，要伸懶筋。」

有一天，母親帶她到場院去摘北瓜，摘了滿滿一大筐。母親問她：

「試試，看你背得動嗎？」

她彎下腰，挎好筐繫猛一立，因為北瓜太重，把她弄了個後仰，沾了滿身土，北瓜也滾了滿地。她站起來哭了。母親倒笑了，自己把北瓜一個個揀起來，背到家裏去了。

我們那村莊，自古以來興織布，她不會。後來孩子多了，穿衣困難，她就下決心學。從紡線到織布，都學會了。我從外面回來，看到她兩個大拇指，都因為推機杼，頂得變了形，又粗、又短，指甲也短了。

後來，因為鬧日本，家境愈來愈不好，我又不在家，她帶着孩子們下場下地。到了集日，自己去賣線賣布。有時和大女兒輪換着背上二斗高粱，走三里路，到集上去糶賣。從來沒有對我叫過苦。

幾個孩子，也都是她在戰爭的年月裏，一手拉扯成人長大的。農村少醫藥，我們十二歲的長子，竟以盲腸炎不治死亡。每逢孩子發燒，她總是整夜抱着，來回在炕上走。在她生前，我曾對孩子們說：

「我對你們，沒負什麼責任。母親把你們弄大，可不容易，你們應該記着。」

四

一位老朋友、老鄰居，近幾年來，屢次建議我寫寫「大嫂」。因為他覺得她待我太好，幫助太大了。老朋友說：

「她在生活上，對你的照顧，自不待言。在文字工作上的幫助，我看也不小。可以看出，你曾多次借用她的形象，寫進你的小說。至於語言，你自己承認，她是你的第二源泉。當然，她瞑目之時，冰連地結，人事皆非，言念必不及此，別人也不會作此要求。但目前情況不同，文章一事，除重大題材外，也允許記些私事。你年事已高，如果倉促有所不諱，你不覺得是個遺憾嗎？」

我唯唯，但一直拖延着沒有寫。這是因為，雖然我們結婚很早，但正像古人常說的：相聚之日少，分離之日多；歡樂之時少，相對愁嘆之時多耳。我們的青春，在戰爭年代中拋擲了。以後，家

庭及我，又多遭變故，直至最後她的死亡。我衰年多病，實在不願再去回顧這些。但目前也出現一些異象：過去，青春兩地，一別數年，求一夢而不可得。今老年孤處，四壁生寒，卻幾乎每晚夢見她，想擺脫也做不到。按照迷信的說法，這可能是地下相會之期，已經不遠了。因此，選擇一些不太使人感傷的斷片，記述如上。已散見於其他文字中者，不再重複。就是這樣的文字，我也寫不下去了。

我們結婚 40 年，我有許多事情，對不起她，可以說她沒有一件事情是對不起我的。在夫妻的情分上，我做得很差。正因為如此，她對我們之間的恩愛，記憶很深。我在北平當小職員時，曾經買過兩丈花布，直接寄至她家。臨終之前，她還向我提起這一件小事，問道：

「你那時為什麼把布寄到我娘家去啊？」

我說：

「為的是叫你做衣服方便呀！」

她閉上眼睛，久病的臉上，展現了一絲幸福的笑容。

一九八二年二月十二日晚

（選自《孫犁散文選》，北京：人民文學出版社，1984 年）

站在門外的人

張辛欣

　　我對這個世界上的許多事情有興趣。包括對許多女人不大感興趣或者來不及感興趣的事情都有興趣。比如説，經濟方面的數字，一項冒險活動的技術問題，走私的環節，哈雷彗星每一次靠近和離開地球的日期，各種牌子的汽車和一種牌子的汽車的各種型號以及它從最老到最新的式樣變化等等。我仔細地收集和尋找人家看不出有什麼意思的資料，為了我要寫的小説們。但是，對於每一個男人和女人都要面對的婚姻與家庭的問題，除非迫不得已，我閉口不言。當然，閉口不言不等於不寫。我的有些小説，在「有情人」眼裏，還將被看作是討論感情與婚姻問題的作品，而且，因為往往寫得剪不斷，理還亂，感情的糾葛複雜，小説結束了，人們總是追問我，「後來呢？」閉口不言是不可能的。因為是個女作家，不論是在國內還是在國外，面對記者各式各樣的採訪，總也逃不掉作為一個女性特別要回答的問題，大及，女權主義運動的前途；私至，你作為女作家有什麼特殊的困難。男記者有時要問問在中國「同居」的狀況，我發現，女記者特別愛問，對於「愛情、家庭、事業」的矛盾，你怎麼看，怎麼辦？！我總得回答，總是回答的不好，因為，我根本不知道該怎麼回答。

　　我自己，站在「婚姻與家庭」這道門外，已經太久了。

不過，不是常常也可以看到這樣奇妙的情景嗎？沒有結過婚的人，大談婚姻中的各種問題，分析得深入而頭頭是道，正如許多沒生過孩子的女人和姑娘，善談小孩子的教育成長的方式一樣，甚至，我能斷定，有的實在沒有經歷過隱秘的情感折磨的人，也在非常棒地描寫着愛情，而受着折磨的人卻寫不出。難道不真是很奇妙嗎！知性，會給我們在經驗之前的邏輯。所以，也沒有什麼特別怪的，和我根本不會開汽車卻在收集各種汽車的情況一樣地平常。也許愈是在門外的人，愈容易有清醒的判斷力，而一旦陷入其中，墜入網裏，什麼全都亂了套。尤其是知識女性！然而，愈亂，愈是掙扎，愈是想把永無休止的問題一次弄清楚……

　　我收到過一封來自遙遠地方的信，那信，是一個女人守在孩子的病床旁邊寫的，寫信的時候，孩子正在輸着液。那信裏寫到，她有一個很要好的朋友，讀了一篇小說，問，是不是她寫的，因為和她的事情幾乎完全一樣。她感到很意外，找來讀了，大吃一驚，真的像是她自己寫的！像的並不是事情，是心境。她給我寫信，自然，因為那篇小說是我寫的。寫了在生存的奮鬥中一個馬上要破裂的家庭中男人和女人感情上的痛苦。正因為故事裏的女人的心境和她相似，這位我們今後一輩子也可能沒有機會見面的婦女，在信裏，和我細細地對談，她該怎麼辦？

　　我把那信讀了又讀，不知該怎麼辦。我也是不知該怎麼辦，所以，才會寫那樣的小說。

　　現在，我也只能說，我寫的那個故事，可能是她的，而不全是我的，我的更糟糕，更混亂。到頭來，我發現我逃出了婚姻和家庭，剩了一個人，無論如何，倒是對了！可我不敢給任何人出同樣

的主意。有的時候，我聽着我的女朋友們來訴說各種委屈，那委屈也真叫人聽得受不了，痛苦在那個家庭內部是幾乎找不到任何辦法解脫的。我真想大叫一聲「離婚！」但是，孩子怎麼辦呢？那故事裏沒有孩子，那寫信的女人正守着孩子。全世界，也許有三分之一的家庭有若即若離的徵兆，但夫妻之間共同面對的，不論是感情在三個人之間也罷，僅僅兩個人之間也罷的變異，還有一個孩子的問題。有的互相爭奪，有的爭相遺棄，為不負擔，為少負擔一塊錢的贍養費而戰！孩子是活生生地存在着的。你怎麼能夠，怎麼敢輕易說出「離婚」這樣一個可能解決一方、雙方苦苦糾纏其中的感情困境的辦法呢？日後，一個獨身女人帶一個孩子，在精神和經濟上，會有多麼艱難！況且，也不只是孩子這麼一個現實的問題。也許，有的時候，身邊有個人，總比沒有人強？

我去採訪過一個獨身婦女，僅僅因為她獨身，便猛遭社會非議。她是中學教員，在一個通電氣火車的小鎮上教書。通火車，有中學的小鎮不能說沒有文化和文明，但人們普遍覺得，結婚是人間正道，你怎麼竟然膽敢不走這道兒？！於是，她就成了個怪物。我了解了她的身世，聽了她不順的經歷和身體狀況，自然很容易理解她一直不結婚的選擇，這選擇是無奈的，也是合理和現實的辦法。只是，當我聽她說，每當她生病的時候，半夜感到自己可能不妙，便掙扎着爬起來，先把衣服都穿好，再躺下。她不願半夜去敲人家的門，人家都是一家一家的；她又怕早上人事不省，課堂上不見她人，人家來叫，見着她衣冠不整的樣子……她說的很平淡，我聽得毛骨悚然！不由得不想想自己。我也時常有點兒小病，總又撐過來了。有一句話：少時為妻，老時為伴。有時候，看到互相攙扶着過馬路的老夫妻，覺得，似乎我們現在就需要互相為伴！真的大病來

了，總不能叫漸老的父母來服侍你吧？可你又不能單單為着生病的時候而去找一個丈夫啊！因為我也聽到這樣的敘述。也是一位婦女的敘述。很簡短。她是學音樂的，當然，也過了十年動亂，也不順利，如今也在一個小鎮上。她把興趣還放在她的音樂上，致力於收集當地民歌。她的丈夫很不高興她常常晚上跑出去，因為農人們白天要幹活兒，晚上才有空。後來，丈夫把臥室門鎖起來。她就蹲在廚房裏過夜。是冬天。我沒有細問她，是為民歌跑出去才惹丈夫生氣，還是有煩悶在前，才會夜夜跑出去找民歌……我也有過類似的經歷。冬天，在辦公桌的桌面上，什麼也沒有，那時才知什麼叫桌面的冰冷。那我也不願意回「家」去，而且，門，也被鎖起來了。有這樣的家庭，真也不如沒有。剩了一個人，起碼，你總還有一個自己的小床，哪怕是在集體宿舍裏，一張單人床，一條被子，自己還可以溫暖自己。

但我也決不會對那婦女說：「你離開他！」

人又是這麼奇怪的高級動物，剩了一個人，也許又會品出在一起的受折磨之下的另一些滋味？

作為一個作家，我非常地忙。我要到處跑，去採訪；要寫，可以從早寫到晚；要看很多的書，身邊沒有人，讀書很專心。跑不動，寫不動，讀書也讀不動的時候，聽聽音樂，有時候音樂也聽不動了。會這樣的，太累，聽不進去了，糟踏了好的音樂不說，有時候好音樂聽來如同噪音。那樣的時候，就幹幹家務活兒：洗洗自己的衣服，收拾自己住的臨時小屋，擦着這兒那兒的灰塵，灰塵是永遠擦不完的，擦了又生。當初兩個人一起生活，也是我做家務事，也曾一邊做，一邊對這無限反覆的家務勞動，生出無限感慨。後來

寫入小說，得了許多婦女的同感……現在一個人做家務，又感慨：如果只是為自己，不為一個誰做這些，有什麼意思！也許我還是像當初一樣，很想成為一個好的妻子，但是從頭就沒有成功，沒有可能。儘管如此，儘管逃出那次婚姻絕對是對的，但回頭想想，只想想做家務事這件都在做、都有說不出的、煩的不成為事件的時時要做的事情，又覺得，如果已經做了，就不抱怨，那大矛盾下的小爭吵和獨自的氣惱，會不會少些？也許，我們總是懷着良好的願望，預先把組成婚姻的另一半當作理所應當互相依靠的對像，才有抱怨生出來？而這世界上有預先理所應當的事嗎？所以，當朋友心煩了，跑到我這兒，抱怨丈夫，或者，抱怨妻子，我總是問：「你在單位裏也這麼吵嗎？你敢和你的同事這樣嗎？即便是夫妻吧，我想也該有一定距離。古話『舉案齊眉』說是相敬如賓，也是保持距離，只要你不預先把對方認定是親密無間的，你就不會這麼煩。」聽這話的朋友總是若有所思、所悟地點頭。當人家點頭的時候，我卻自問：「你又有什麼發言權呢？你連可以保持距離的人也沒有。你不過是遲遲地以為懂得了一個淺淺的小道理，幸福的婚姻在這世上如此罕見，彼此有所謙讓的平和的婚姻已屬極為不易的努力！只是，你又去哪兒再實踐你以為懂得的這個淺淺的小道理呢？」……還是一個人轉來轉去地擦着灰塵，然後，又讀書，又寫作，又跑來跑去採訪、開會，忙着所謂的「事業」。

只要聽到有人叫我談談「事業心」時，便直覺着心裏是一片尷尬。

還好，我記住了偶然落在眼中的一位不出名的外國女作家寫的一個故事中的一句話：「儘管有着各種源泉，幸福，終究還是一個

搖搖欲墜的碉堡，而悲傷，倒是堅固的城堡。」我還特別記住了這個故事的名字，《輸得起的人》。

　　站在門外，固然寂寞，起碼，這還是一個輸得起的地方。

八六，十，廿

（選自《女人的自愛與尊嚴》，石家莊：河北人民出版社，1987 年）

關於家務

王安憶

意願像和人鬧着玩似的，渴望得那麼迫切，實現卻又令人失望，為了「距離產生魅力」的境界，我與丈夫立志兩地分居。可不過兩年，又嚮往起一地的生活。做了多少夜夢和晝夢，只以為到了那一天，便真正的幸福了，並且自以為我們的幸福觀經受了生活嚴峻的考驗。而終於調到一地的時候，卻又生出無窮的煩惱。

原來，我們的小窩不開伙食，單身的日子也過得單純，可調到一地，正式度日，便再不好意思天天到娘家坐吃，自己必須建立一份家務。

我們在理論上先明確了分工，他買菜、洗衣、洗碗，我燒飯。

他的任務聽起來很偉大，一共有三項，而我是一項。可事實上，家務裏除了有題目的以外，還有更多更多沒有名的、細碎得羞於出口的工作。他每日裏八小時坐班，每天早上，洗過臉，吃過早飯，便騎着自行車，迎着朝陽上班去，一天很美好的開始了。而我還須將一整個家收拾一遍，衣服晾出去——他只管洗，晾、曬、收、疊均不負責。床鋪好，掃地，擦灰，等一切弄好，終於在書桌前坐下的時候，已經沒了清晨的感覺。他在辦公室裏專心致志的工作，休息的時候，便騎車出去轉一圈，買來魚、肉或蔬菜，眾目睽睽之中收藏在辦公桌下，當人們問起他在家中幹什麼的時候，他亦可很響亮地回答：「除了買菜，還洗碗、洗衣服。」十分模範的樣

子。於是，不久單位裏對他便有了極高的評價：勤快、會做等等。而誰也不會知道，我在家裏一邊寫作，一邊還須關心着水開了沖水，一會兒，里弄裏招呼着去領油糧票，一會兒，又要領八元錢的生活補助費……，多少工作裏默默無聞的，都歸我在做着，卻沒有一聲頌揚。

並且，家務最重要的不僅是動手去做，而且要時時想着。比如，什麼時候要洗床單了，什麼時候要掃塵了，什麼時候要去洗染店取乾洗的衣服，什麼時候要賣廢紙了，這些，全是我在想着。如有一椿想不到，他是不會主動去做的。最最忙亂的是早晨，他趕着要上班，我也急着打發走他，可以乘早寫東西。要做的事情多得數不清，件件都在眼前，可即使在我刷牙無法說活的那一瞬間，他也會彷徨起來不知所措。雖是他買菜，可是買什麼還須我來告訴他，只有一樣東西他是無須交代也會去辦的，那便是買米和麵包。在農村多年的插隊生活，使他認識到，糧食是最重要的，只要有了糧食，別的都不重要了。所以，米和麵包吃完的時候，也是他最慌亂和最積極的時候。平心而論，他是很夠勤勉了，只要請他做，他總是努力。比如有一次我有事不能趕回家做飯，交代給了他。回來之後，便見他在奔忙，一頭的汗，一身的油，圍裙袖套全副武裝，桌上地下鋪陳得像辦了一桌酒席，確也弄出了三菜一湯，其中一個菜是從湯裏撈出來裝盆獨立而成的，因為曾聽我說過，湯要純得碧清才是功夫，於是就給了我一個清澈見底的湯。可是，他幹這一切的時候總有着為別人代勞的心情。洗茶杯，他會說：「茶杯給你洗好了。」買米，他則說：「米給你買來了。」弄到後來，我也傳染了這種意識，請他拿碗，就說：「幫我拿一隻碗。」請他盛飯，說：

「幫我盛盛飯。」其實，他應該明白，即使他手裏洗的是我的一件衣服；這也是我們共同的工作。可是，他不很明白。

以往，我是很崇拜高倉健這樣的男性的，高大、堅毅、從來不笑，似乎承擔着一世界的苦難與責任。可是漸漸地，我對男性的理想愈來愈平凡了，我希望他能夠體諒女人，為女人負擔哪怕是洗一隻碗的渺小的勞動。須男人到虎穴龍潭搶救女人的機會似乎很少，生活愈來愈被渺小的瑣事充滿。都市文明帶來了緊張的生活節奏，人愈來愈密集地存在於有限的空間裏，只須擠汽車時背後有力的一推，便也可解決一點辛苦，自然這是太不偉大，太不壯麗了。可是，事實上，佩劍時代已經過去了。曾有個北方朋友對我大罵上海「小男人」，只是因為他們時常提着小菜籃子去市場買菜，居然還要還價。聽了只有一笑。男人的責任如將只扮演成一個男子漢，讓負重的女人欣賞愛戴，那麼，男子則是正式的墮落了。所以，我對男性影星的迷戀，漸漸地從高倉健身上轉移到美國的達斯汀・霍夫曼身上，他在《午夜牛郎》中扮演一個流浪漢，在《畢業生》中扮演剛畢業的大學生，在《克雷默夫婦》裏演克雷默。他矮小，削瘦，貌不驚人，身上似乎消退了原始的力感，可卻有一種內在的，能夠應付瞬息萬變的世界的能力。他能在紐約亂糟糟街頭生存下來，能克服了青春的虛無與騷亂終於有了目標，能在妻子出走後像母親一樣撫養兒子——看着他在為兒子煎法國麵包，為兒子繫鞋帶，為兒子受傷而流淚，我幾乎以為這就是男性的偉大了，比較起來，高倉健之類的男性便只成了理想裏和圖畫上的男子漢了。

生活很辛苦，要工作，還要工作得好……要理家，誰也不甘比別人家過得差。為了永遠也做不盡的家務，吵了無數次的嘴，流了

多少眼淚，還罷了工，可最終還得將這日子過下去，這日子卻也吸引着人過下去。每逢煩惱的時候，他便用我小說裏的話來刻薄我：「生活就是這樣，這就是生活。」這時方才覺出自己小說的淺薄，可是再往深處想想，仍然是這句話：這就是生活。有着永遠無法解決的矛盾，卻也有同樣令人不捨的東西。

　　雖有着無窮無盡的家務，可還是有個家好啊，還是在一地的好啊。房間裏有把男人用的剃鬚刀，陽台上有幾件男人的衣服晾着，便有了安全感似的心定了；逢到出差回家，想到房間裏有人等着，即使這人將房間糟蹋得不成樣子，心裏也是高興。反過來想，如若沒有一個人時常吵吵嘴，那也夠冷清的；如若沒有一大攤雜事打擾打擾，每日盡爬格子又有何樂趣，又能爬出什麼名堂？想到這些，便心平氣和了。何況，彼此都在共同生活中有了一點進步，他日益增進了責任心，緊要時候，也可以樸素地製作一菜一湯，我也去掉一點大小姐的嬌氣，正視了現實。總之，既然耐不住孤獨要有個家，那麼有了家必定就有了家務，就只好吵吵鬧鬧地做家務了。

（選自《女人的自愛與尊嚴》，石家莊：河北人民出版社，1987 年）

著者簡介

魯迅（1881–1936）

浙江省紹興人。原名周樹人，字豫才，小名樟壽，至 38 歲，始用魯迅為筆名。文學家、思想家。1918 年發表首篇白話小說《狂人日記》，震動文壇。此後 18 年，筆耕不綴，在小說、散文、雜文、散文詩、舊體詩、外國文學翻譯及古籍校勘等方面貢獻卓著，創作的眾多文學形象深入人心。他的作品有不朽的魅力，直到今天，依然擁有眾多讀者。

代表作品：《朝花夕拾》、《吶喊》、《彷徨》等。

周作人（1885–1967）

原名櫆壽，字星杓，後改名奎綏，自號起孟、啟明、知堂等。魯迅之弟，周建人之兄。周作人精通日語、古希臘語、英語，並曾自學古英語、世界語。其致力於研究日本文化五十餘年，深得日本文學理念的精髓。其筆觸近似於日本傳統文學，以溫和、沖淡之筆，把玩人生的苦趣。

代表作品：《藝術與生活》、《苦竹雜記》等。

朱自清（1898–1948）

祖籍浙江紹興，原名自華，字佩弦，號實秋。中國現代文學史上傑出的散文家、詩人。21 歲開始發表詩歌並出版詩集。27 歲時執教於清華大學，研究中國古典文學，創作則以散文為主。其散文名篇膾炙人口，是真正深入街頭巷尾的文學經典，被譽為「天地間至情文學」。

代表作品：《背影》、《你我》、《歐遊雜記》等。

徐志摩（1897-1931）

浙江海寧人，原名章垿，字槱森，小字又申，赴美留學前改名志摩。現代詩人、散文家，新月社發起人之一，曾任北大教授。除在新詩方面取得卓越成就外，文學創作還涉獵散文、小説、戲劇、翻譯等領域。

代表作品：《再別康橋》、《翡冷翠的一夜》等。

林語堂（1895-1976）

福建龍溪（漳州）人，原名和樂，後改玉堂，又改語堂。一代國學大師，現代著名作家、學者、翻譯家、語言學家。曾多次獲得諾貝爾文學獎提名的中國作家。將孔孟老莊哲學和陶淵明、李白、蘇東坡、曹雪芹等人的文學作品英譯推介海外，是第一位以英文書寫揚名海外的中國作家。

代表作品：《京華煙雲》、《吾國與吾民》、《生活的藝術》等。

瞿秋白（1899-1935）

江蘇常州人，中國現代文學家、中國共產黨早期主要領導人之一。

代表作品：《赤都心史》、《餓鄉紀程》、《多餘的話》等。

聶紺弩（1903-1986）

著名詩人、散文家。原名聶國棪，湖北京山人。在雜文、舊題詩創作和古典文學研究方面成就尤為卓著。他是中國現代雜文史上繼魯迅、瞿秋白之後，在雜文創作上成績卓著、影響很大的戰鬥雜文大家。其風格汪洋恣睢、用筆酣暢、反復駁難、淋漓盡致，在雄辯中時時呈現出俏皮。

代表作品：《血書》、《寸磔紙老虎》等。

丁玲（1904-1986）

原名蔣偉，字冰之，湖南省臨澧縣人，現代作家、散文家。在二十世紀文學史上，丁玲是一個特殊的存在。這不僅僅因為她開手寫作就給當時「死寂的文壇上拋下了一顆炸彈一樣」的作品，以後也不斷有引人注目的作品問世，是五四以後少有的幾位持續創作半個多世紀的女作家之一，還因為她是中國文學界深深捲入激烈變動的社會歷史旋流中的人物，她的命運起落沉浮，都與時代的風雲變幻緊緊糾結在一起，典型地縮寫着現代中國知識女性的命運。

代表作品：《莎菲女士的日記》、《韋護》、《太陽照在桑乾河上》等。

梁實秋（1903-1987）

原名梁治華，生於北京，浙江杭縣（今餘杭）人。筆名子佳、秋郎等。散文家、文學批評家、翻譯家，國內首個研究莎士比亞的權威，曾與魯迅等左翼作家筆戰不斷。

代表作品：《雅舍小品》、《槐園夢憶》等。

何其芳（1912-1977）

重慶萬州人。原名何永芳。現代詩人、散文家、文學評論家。他的作品雖產量不豐，但具有鮮明的個人特色及藝術價值，文字創造出一種「純粹的柔和、純粹的美麗」，近乎唯美主義傾向。

代表作品：《畫夢錄》、《還鄉日記》等。

郁達夫（1896-1945）

原名郁文，字達夫，幼名阿鳳，浙江富陽人。中國現代著名小說家、散文家、詩人。他在文學上主張「文學作品，都是作家的自敘傳」，具有濃厚的浪漫主義傾向。

代表作品：《沉淪》、《故都的秋》、《春風沉醉的晚上》等。

陸蠡（1908-1942）

浙江天台人。學名陸聖泉，原名陸考原，現代散文家、革命家、翻譯家。資質聰穎，童年即通詩文，有「神童」之稱。巴金認為他是一位真誠、勇敢、文如其人的作家。

代表作品：《海星》、《竹刀》、《囚綠記》等。

孫犁（1913-2002）

原名孫樹勛，河北省衡水市安平人，現當代著名小說家、散文家，「荷花澱派」的創始人。他的作品清新自然、樸素洗練、柔中寓剛、鮮明秀雅，有一種不可多得的文人氣質。

代表作品：《荷花澱》、《風雲初記》等。

蔡元培（1868-1940）

字鶴卿，又字仲申、民友、子民。浙江紹興人，原籍浙江諸暨。近代革命家、教育家、政治家。1916 至 1927 年任北京大學校長，在北大開「學術」與「自由」之風，影響深遠。

代表作品：《蔡元培自述》、《中國倫理學史》等。

葉聖陶（1894-1988）

原名葉紹鈞，字秉臣，後字聖陶。江蘇蘇州人。著名作家、教育家、文學出版家和社會活動家，有「優秀的語言藝術家」之稱。他的散文或寫世抒情，或狀物記人，或議事說理，一般都有較為深厚的社會人生內容和腳踏實地的精神；藝術上則主要顯示出平淡雋永的情趣和平樸純淨的語言風格。

代表作品：《隔膜》、《腳步集》等。

老舍（1899-1966）

原名舒慶春，字舍予。因生於立春，取名「慶春」，意為前景美好。上學後，自己更名為舒舍予，意在「捨棄自我」。現代小說家、作家。老舍的語言俗白精緻，他自己說：「沒有一位語言藝術大師是脫離群眾的。」因此，在其作品中，一腔京味兒，很是動人。

代表作品：《駱駝祥子》、《四世同堂》等。

王力（1900-1986）

字了一，廣西博白人。語言學家、教育家、翻譯家、散文家和詩人。中國現代語言學的奠基人之一，師從梁啟超、王國維、趙元任、陳寅恪等。

代表作品：《漢語詩律學》、《漢語史稿》等。

蕭乾（1910-1999）

原名蕭秉乾、蕭炳乾。北京人，蒙古族。著名作家、記者和翻譯家。1935年畢業於燕京大學。曾任職於《大公報》，採訪過歐洲戰場、聯合國成立大會、波茨坦會議、紐倫堡戰犯審判。晚年寫出了三百多萬字的回憶錄、散文、特寫、隨筆及譯作。

代表作品：《籬下集》、《夢之谷》、《人生採訪》等。

張辛欣（1953-）

作家、導演、畫家。

代表作品：《在同一地平線上》、《我們這個年紀的夢》等。

王安憶（1954-）

生於江蘇南京，原籍福建省同安縣，當代作家、文學家。

代表作品：《長恨歌》、《小鮑莊》、《流逝》等。

課堂外的讀本系列

陳平原、錢理群、黃子平 編

1. 男男女女　魯　迅、梁實秋、聶紺弩　等　ISBN: 978-962-937-385-6

2. 父父子子　魯　迅、周作人、豐子愷　等　ISBN: 978-962-937-391-7

3. 讀書讀書　周作人、林語堂、老　舍　等　ISBN: 978-962-937-390-0

4. 閒情樂事　梁實秋、周作人、林語堂　等　ISBN: 978-962-937-387-0

5. 世故人情　魯　迅、老　舍、周作人　等　ISBN: 978-962-937-388-7

6. 鄉風市聲　魯　迅、豐子愷、葉聖陶　等　ISBN: 978-962-937-384-9

7. 說東道西　魯　迅、周作人、林語堂　等　ISBN: 978-962-937-389-4

8. 生生死死　周作人、魯　迅、梁實秋　等　ISBN: 978-962-937-382-5

9. 佛佛道道　許地山、周作人、豐子愷　等　ISBN: 978-962-937-383-2

10. 神神鬼鬼　魯　迅、胡　適、老　舍　等　ISBN: 978-962-937-386-3